Herstellung und Verlag:
Books on Demand GmbH, Norderstedt
ISBN 978-3-8423-8226-8

Ein Schwarz, ein Dunkel,
ohne Existenz, bar jeder Form.
Der Ursprung von Macht und Wissen,
die Quelle einer Ewigkeit.

Allgegenwärtig in Zeit und Traum,
auf den Spuren des Lebens dieser Welt.
Lügen, Thesen und Glaube,
geboren aus dem Dunkel,
beleuchtet in brennender Rede,
wird nicht wahr,
sondern birgt nur die wahre Täuschung.

Ein Geschlecht,
geboren aus dem Nichts,
gezogen in die Weiten des Schicksales,
fesselt und bindet in den Worten einer Kunst,
die unscheinbare Seele
und zieht hinab in das Grell der Wahrheit.

Nichts muss, aber alles kann.
Denn wie die Lüge einem Zwecke dient,
so beleuchtet die Wahrheit nur ihre Pfade.
Gib Acht, pass auf,
Du glaubst und weißt,
Du begreifst und verstehst,
in Wahrheit doch niemals Alles.

Erwacht im Nirgendwo,
Gelebt im Nimmermehr,
Gekettet ans Niemals,
sind sie doch ewiglich.

Tritt ein und heiße sie willkommen,
Deine Begleiter im Brennen der Sonne,
Deine Verfolger ohne Gestalt.
Es sind die Schatten, die Dich umkreisen
Und ihre Geschlechter, die in Ewigkeit nur gebaren.

Schattengeschlechter II
Erkenntnis & Reise

B. T. Trybwoski

Erhältlich aus der Reihe Schattengeschlechter:

Schattengeschlechter: Erster Kontakt
ISBN: 978-3942384339

Spinn 1

Death`s End

Vorwärts geht es immer,
Zurück nie.
So nimmt uns die Zukunft,
die Vergangenheit.

Sind wir nicht froh,
dass es das Schicksal ist,
das schneidet und bindet,
aneinander kettet und befreit?

Des Menschen Plan,
ausgeklügelt und vorausberechnet,
entgegen den Fäden des Webstuhles,
kann obwohl so sehr bemüht,
doch zu einem Werkzeug desselben werden.

Was strampeln und zappeln wir?
Die Hingabe dem großen Willen,
ist keine Wahl oder Möglichkeit.
Es ist Ende, sowie ein Anfang.

Der Tod als Neuanfang,
Die Geburt zur Verdammung,
Das Leben als Erlösung.
Wollen wir wirklich alles wissen?

Ich erwachte. Mit noch müden Augen blickte ich mich um. Direkt neben mir, in meinem Arm, lag sie. Dieser einzigartige Geruch, der mich in der Nase kitzelte. Ihre schwarzen Locken, die ihr Gesicht umrandeten und auch mein Haupt, wie in ein sanftes Kissen hüllten. Sie atmete noch ruhig und gleichmäßig, schien also noch zu schlafen.

Wir waren die ganze Nacht im Wald gewesen. Hatten die Freiheit genossen, waren den wilden Tieren hinterher gejagt und hatten einfach nur den Wind durch das Fell blasen lassen. Noch nie hatte ich mich so losgelöst von Allem gefühlt. Ja, wirklich frei. Im Einklang mit der Natur. Ohne Beschränkungen und befreit von den ganzen Sorgen und Gedanken, die mich erst in jüngster Vergangenheit gequält hatten,

Überhaupt kam mir alles, was ich in letzter Zeit erlebt hatte, mehr wie ein Traum vor. So abnorm und fern jeder Regel, die es geben sollte. Vampire und Werwölfe.

Schon immer hatte ich mich für sie interessiert und war ihnen auf der Spur gewesen. Und nun, nach einer fast emotionalen Krise, in die mich so ein Wesen schubsen wollte, befand ich mich mitten drin. Was auch immer noch kommen möge, eines wusste ich ganz sicher. Ich würde Arah töten. Dafür, was sie Lucy angetan hatte. Meiner Liebe. Ich lauschte in mich hinein und versuchte herauszufinden, was ich für Rose empfand. War das auch Liebe?

Man hatte mir gesagt, dass sie meine Gefährtin sein. Sie habe mich gewählt und wie in einem Pakt, seien wir nun aneinander gebunden.

Ich hatte sehr starke Gefühle für sie, das konnte ich nicht abstreiten. Und irgendwie war ich nicht bereit zu akzeptieren, dass das von einer übernatürlichen Magie herrühren sollte. Nach unserem gemeinsamen Ausflug heute Nacht, hatten wir uns in der ersten Dämmerung geliebt. Das nur wegen dieser Bindung? So ganz glaubte ich das nicht. Es wäre jetzt meine innere Stimme dran gewesen, die mir hätte einen sarkastischen Kommentar geben sollen. Aber an ihre Stelle war etwas anderes getreten. Der Wolf schlief noch? Denn er ließ sich nicht hören. Und noch etwas fiel mir auf. Ich konnte mich an die Nacht erinnern. Das war neu. Die Erinnerungen waren nicht ausgelöscht, so wie vorher. Ich musste Byron später fragen, was es zu bedeuten hatte.

Ich schälte mich unter der Decke hervor und glitt vom Bett. Rose atmete noch immer so ruhig wie vorher. Ich hatte sie nicht geweckt, das war gut. Ich suchte mir meine Kleidung zusammen, die wild verteilt auf dem Boden lag und bemerkte, dass auf dem Tisch an der Seite eine offene Reisetasche stand. Dort drinnen war die gleiche Kleidung, wie ich sie auch vorher schon von ihnen bekommen hatte. Schien wohl so etwas wie die Standarduniform von ihnen zu sein. Ich suchte mir heraus, was ich gebrauchen konnte und verließ auf Zehenspitzen das Schlafzimmer. Ich fand trotz anfänglicher Orientierungsprobleme, das Bad sehr schnell.

Und dann machte ich mich frisch. Ein ausgiebiges Bad in den verschiedensten Duftölen, die hier bereitstanden. Ich ließ mich einfach in das Wasser sinken und versuchte die Gedanken abzustellen. Die ätherischen Öle durchdrangen den grauen Wasserdampf und halfen mir dabei. Ich hatte zwar gerade erst geschlafen, doch so richtig erholt hatte ich mich nicht gefühlt. Zu viele wirre Träume, viel zu viel Aufregung, die sich nicht abschalten ließ. Aber nach einiger Zeit funktionierte es und ich entspannte mich merklich. Ich verließ nur widerwillig dieses Paradies und trocknete mich ab. Noch länger und ich hätte das Doppelte meiner eigentlichen Form erreicht. Das änderte sich als Werwolf also nicht. Interessant. Ich entleerte die Wanne, schlüpfte in meine neuen Klamotten und verließ das Bad wieder wohlig erfrischt. Im Flur lauschte ich noch einmal in das Zimmer hinein. Rose schlief noch immer.

Ich wandte mich nach Rechts, ging die Wendeltreppe hinunter, fand das Wohnzimmer, aber wichtiger, die Küche. Ich durchwühlte

Schrank um Schrank, unermüdlich wälzte ich Packungen nach vorne. Mehl, Salz, Reis und Nudelpackungen. „Wo zur Hölle war es nur?" Ich versuchte es zu erschnüffeln. Was brachte es mir ein Wolf zu sein, wenn ich das noch nicht mal konnte?

„In der rechten Schublade." Ich fuhr herum und erblickte Byron, der anscheinend amüsiert meine Suche verfolgt hatte. Ich öffnete die Schublade und fand die Kaffeepads. Erleichtert nahm ich sie hinaus, wärmte die Padmaschine auf und schob das Kissen voll des Kaffeepulvers hinein. Auch ohne meine übernatürlichen Sinne, konnte ich das würzige Aroma auffangen, das dem Werk der Maschine entsprang. Aufstehen ohne Kaffee? Undenkbar für mich. Egal was für ein Leben mir bevorstand. Das gehörte dazu. Als ich endlich den ersten Schluck getrunken hatte und merkte, wie das Koffein die erwachte Schläfrigkeit vertrieb, die mir mein Bad eingebracht hatte, wandte ich mich ihm zu. Ein leicht peinliches Grinsen von meiner Seite aus und ein verspätetes, noch grunziges, „Morgen". Er funkelte mich mit glänzenden Augen erheitert an. „Morgen. Obwohl es das schon lange nicht mehr ist."

Meinem erstaunten Gesichtsausdruck entnahm er, dass ich nicht wusste, was er meinte.

„Es ist gleich wieder Abend. Ihr habt

anscheinend viel unternommen, dass ihr auch den Tag noch verschlafen habt." Er blinzelte mir zu.

Ich vermied es einfach, näher auf diese Anspielung einzugehen. „Könnte man so sagen."

„Lass uns auf die Terrasse gehen. Ich wollte ein paar Dinge mit Dir besprechen. Deswegen auch mein Eindringen."

„Eindringen?" Fragte ich ihn.

Jetzt sah er mich überrascht an. „Das Haus hier gehört Euch. Ich konnte Euch nicht mit dem Rudel wohnen lassen, da das unweigerlich zu Reibereien geführt hätte."

„Das hat sie mir gar nicht gesagt." Antwortete ich.

Er ging zur Glastür, schob sie zur Seite und trat hinaus. Jetzt konnte auch ich erkennen, dass bereits die Dämmerung eingebrochen war. Nicht der Morgen, wie ich gedacht hatte. Ich folgte auf die dunklen Holzbretter dieser Terrasse und nahm neben ihm auf der Bank Platz. Ich konnte eine freie Fläche von frischem Grün überblicken, das an den Wald grenzte. Zwischen den Bäumen sah ich es aufblitzen. Fragend blickte ich Byron an.

„Keine Sorge. Sie trainieren nur. Etwas, womit Du auch anfangen solltest. Du musst Deine Kräfte kennen, sie einschätzen können, wenn Du in dieser Welt überleben willst."

Ich nickte nur und nahm einen Schluck aus meiner Tasse. So langsam klärte es sich wieder in mir. Eine Frage viel mir ein, auf die ich die Antwort haben wollte.

„Stimmt es, dass wir von Kain abstammen?"

Er lächelte ironisch. „Wer hat Dir das erzählt?"

Ich überlegte. „Ich weiß es gar nicht mehr. Entweder war es Rose oder der Wolf in mir."

„Glaub nicht alles, was Du so hörst. Aber etwas Wahrheit steckt da schon drin. Wir entstammen einem ähnlichen Ursprung. Auf ganz entfernte Weise, sind wir sogar verwandt."

„Wirklich?" Fuhr ich ihm dazwischen.

„Ja, wirklich. ... Wenn es Dich interessiert, frag Anthana danach. Sie dürfte alles darüber wissen."

„Die Hexe?" Hakte ich fürs Verständnis nach.

„Genau die." Seine knappe Antwort.

„Du weißt nicht alles über Deinen Ursprung? Ich würde alles wissen wollen. Woher wir kommen und warum wir so sind."

„Das kann ich mir denken." Sagte er. „Aber wir stammen aus verschiedenen Zeiten. Damals musste ich einfach akzeptieren, um das überleben zu können. Das warum, wird Dir auch nie jemand beantworten können."

Ich wollte ihm widersprechen, hatte die Worte auf den Lippen, ließ es dann aber doch. Denn er hatte Recht. Warum ich damals Rose im Cafe traf, warum ich diese Anzeige von Arah entdeckte? Sicher, es gab Gründe, logische Entscheidungen, die mich dorthin geführt hatten. Aber dass es genauso mit den Ereignissen zusammentraf? Dieses Warum, würde mir keiner beantworten können.

Schicksal? An so etwas glaubte ich nicht. Vor allem, was wäre dann das Schicksal? Dass Lucy starb und ich mit Rose einfach weitermachte? Kein erfreulicher Gedankengang. Wirklich nicht.

„Ist es Dir schwer gefallen? ... Deinen Vater zu töten?"

Er schwieg eine Weile und ich sah, dass er nachdachte.

„Nein, nicht so sehr, wie es gesollt hätte. Er war zum Monster geworden und musste aufgehalten werden. Es war eine Pflicht und im Grunde standen wir uns auch nicht so nahe."

„Was machte ihn denn zu so einem Monster? Ist es wirklich die Tatsache, dass man einfach nachgibt?"

Er sah mich an, musterte mich fast, als versuchte er in mir zu lesen.

„Ich denke, die Wahrheit kennst Du bereits. Die Bereitschaft zu Kämpfen, der Wille, nicht aufzugeben, beschränken diese Macht. Moral und Verantwortung? Ideale? Hat man so etwas nicht, so ist es wie eine ungesteuerte Waffe, die wild in der Gegend herumschießt."

Ja, er hatte Recht. So etwas hatte ich mir schon

gedacht. „Und wer sagt, dass es ein Wolf ist, der in uns wohnt? Ich meine, wir können uns zwar in einen verwandeln, aber es könnte auch nur ein Dämon sein?" Noch bevor ich zu Ende gesprochen hatte, biss ich mir auf die Lippen. Was für eine dumme Frage.

Er lachte. „So falsch ist der Gedanke nicht. Hat er Dir die Geschichte von Sonne und Mond erzählt?"

Ich sah von meinem Rest der braunen Brühe auf, die nur noch den Boden der Tasse bedeckte. „Du kennst sie auch?"

„Ja, auch ich habe sie gehört. Ich denke, es gibt unendliche solcher Geschichten. Entscheidend ist nicht was wahr ist, sondern was Du glauben willst."

„Du meinst, das war erfunden?"

„Ich spare mir jetzt mal die Ausbreitung meines Glaubens. Mit Gott und Engeln. Ich denke, er wollte nur angeben mit seinem Wissen. Dir, wie auch bei mir, einfach eine Geschichte erzählen, die ihn zu etwas Besonderem macht."

Ich blickte ihn nachdenklich an.

„Dir gefällt diese Vorstellung nicht, oder?" Fragte er mich nach ein paar Sekunden.

„Nein. Sie hat mich kurz träumen und etwas fühlen lassen. Ein Mehr in dieser Welt, über dass ich so auch schon gestolpert bin."

„Dann glaub sie doch weiter. Aber Du wirst Dich daran gewöhnen müssen."

„Woran? Noch mehr Erfundenes zu hören?"
Ich konnte nicht verhindern, dass sich ein
sarkastischer Unterton einschlich.

„Dass er nicht mehr spricht. Das ist nur vor
dem ersten Vollmond so und auch nur bei
Alphas. Damit wir nicht verloren in diese neue
Welt stolpern. Denn wir sind als Anführer
erschaffen."

„Er spricht nicht mehr?" Fast schon enttäuscht
fragte ich nach.

„Kein einziges Wort. Sag mir nicht, dass Du
ihn vermissen wirst."

Meine fehlende Antwort, sagte ihm genug. Er
lachte erneut. „Dich muss mal einer verstehen.
Ich sehe interessante Debatten voraus, denn so
wie es scheint, sind wir sehr unterschiedlich."

Der letzte Tropfen meines Kaffees rann die
Kehle herunter und ich überlegte gerade
reinzugehen und mir einen Neuen zu machen,
als er mir aufs Bein schlug.

„So, ich muss aber mal. Wir müssen noch
einiges besprechen. Aber das hat auch Zeit bis
morgen. Ich muss bald zu entfernten
Verwandten, die vermehrte Aktivität von
Vampiren gemeldet haben. Und Du musst
lernen, wie Du Deine neuen Kräfte richtig
nutzt. Fang an damit, zu lernen, wann Deine
Gefährtin erwacht." Er zeigte durch ein
Kopfnicken zur Schiebetür, in der Rose jetzt
stand.

„Hi, Lara." Er verbeugte sich vor ihr.

„Hi," sagte sie kurz und deutete mit einem Nicken nur eine Verbeugung an.

Byron runzelte die Stirn, sagte aber nichts und ging von der Terrasse herunter über die Wiese. Auf die Entfernung sah ich ihn zwischen den Bäumen eintauchen. Dort, wo es eben noch geblitzt hatte.

Ich blickte sie schweigend an und auch sie sagte kein Wort. Sie trug genau das Kleid unserer ersten Begegnung, das Kreuz, die Stiefel. Alles, wie damals. Nur ihre Haare waren nicht mehr gelockt, schlugen nur noch kleine Wellen, die die innere Wildheit nach Außen trugen. Ich blickte in ihre grünen Augen, ging aber nicht verloren. Aber, auch wie damals, wich ich ihrem Blick aus und schaute wieder hinüber zum Wald, wo es nichts zu entdecken gab.

Sehr gerne versuchte ich mir einzureden, dass es ohne Bedeutung sei. Aber das war es nicht. Jetzt, nach all dem Trubel der letzten Tage, nach all der Aufregung, kam mir alles so falsch vor. Noch vor einer Woche wollte ich ein Kind mit Lucy. Und jetzt saß ich auf einer Veranda mit einer neuen Frau bei mir. Sie kam zu mir, kniete sich vor mich und schaute mich einfach nur an. Ich konnte diesen unverwechselbaren Duft einatmen. So intensiv und stark, dass ich ihm nicht entrinnen konnte. Sie beugte sich nach vorne und nur ganz leicht berührten sich unsere Lippen. Ich schloss die Augen und fand mich auf einer Couch wieder. Der plärrende Fernseher vor mir und Lucys Frage im Kopf, ob ich ihr vertrauen würde.

Ich drehte mich von Rose weg, löste die Berührung, die ich im Moment nicht ertragen konnte. Sie sagte auch jetzt noch nichts, blickte mich nur weiter an. Ich hatte damit gerechnet, dass ich einen Zug von Enttäuschung entdecken würde. Aber nein. Ihre Miene war ausdruckslos. Sie ergriff meine Tasse. „Willst Du noch einen?" Ich nickte nur zur Antwort.

Sie stand auf, drehte sich in der Tür noch einmal um und lächelte. Aber es wirkte so gequält, so gezwungen, dass es die Traurigkeit nicht verbergen konnte, die durch die Augen herausschien. Ein Stich in meinem Herzen. Das wollte ich nicht. Ich wollte sie nicht verletzen. Und doch konnte ich mich im Moment auch nicht mehr darauf einlassen. Ich wusste selber nicht genau, was es war, dass auf einmal alles so sehr änderte. War es der Kaffee, der mir meinen Verstand zurückgegeben hatte? Zum ersten Mal die Ruhe, in der ich Zeit hatte, über alles nachzudenken?

Ich fühlte mich wie nach einer Sauftour in noch jüngeren Jahren. Man ging in die Stadt, um ein Mädchen zu erobern. Und im Vollrausch nahm man jemanden mit nach Hause. Man schlief miteinander, erzählte von Träumen und

Gefühlen, sofern man die Zeit dafür hatte und schmiedete vielleicht sogar Pläne für die Zukunft. Der Andere scheint einfach zu passen. Doch dann kommt der Morgen. Die Sonne sticht einem in die Augen, der Körper brennt und dörrt aus. Und man findet sich neben einer jungen Frau wieder. Einer Frau, die man nicht kennt und vielleicht auch nie kennenlernen will? Der Traum ist vorbei, die Wirklichkeit, die Realität erwacht. Die Frau neben einem, mit der man Nähe und Zweisamkeit teilte, ist wieder eine Fremde. Man gibt sich einen Kuss, sagt man meldet sich, schließt die Tür und blickt nie mehr zurück. Man weiß, diese Frau ist die Falsche. Ein schöner Traum, angenehm, so lange er wirkte. Aber eben nur ein Traum.

Ich wusste nicht, warum mir das in diesem Augenblick einfiel. Und eigentlich war Rose mir doch keine Fremde. Aber ebenso, war alles in der letzten Nacht wie im Rausch passiert. Wir hatten miteinander geschlafen, waren uns so nahe gewesen.

Was mich daran störte?

Ich hatte mich nicht dafür entschieden, es einfach getan. Und glaubte ich an diesen Zusammenhang mit dem Mal, der Wahl des Gefährten, hatte ich dann überhaupt die Möglichkeit zur Entscheidung gehabt?

Sie hatte mir das Leben gerettet. Vor Jahren

einen Traum in mir erweckt, ohne den ich den Weg mit Lucy vielleicht nie gegangen wäre. Und doch war es so sehr fremdbestimmt. Das störte mich daran. Und um so mehr ich mich darauf einließ, umso mehr merkte ich, dass ich Lucy vergaß. Das wollte ich nicht. Egal, was Rose irgendwann für mich sein könnte. Egal, wie mächtig dieser Fluch oder Segen war. Das war falsch.

Ich hörte das Summen der Pad Maschine und stand von der Bank auf. Ich wollte jetzt nicht mit ihr reden. Ihr das nicht erklären. Vielleicht würde sie das alles verstehen. Aber es würde sie auch sicher verletzen. Ich wollte lieber erstmal alleine alles sacken lassen und verarbeiten. Etwas, was ich in letzter Zeit so gar nicht zugelassen hatte. Vielleicht, weil es zu schmerzhaft geworden wäre? Der Verlust von Lucy? Ihr Tod? Wie konnte ich das einfach verdrängen und weitermachen? Sie war meine Liebe und mein Leben. Und ich ersetzte sie? Da hatte Arah Recht gehabt. Auch wenn ich es nur ungern vor mir zugab.

Ich sprang von der Veranda herunter und rannte einfach los. Der Wind meiner eigenen Geschwindigkeit verteilte die salzigen Tränen in meinem Gesicht. Aber es war mir egal. Ich lief und lief. Vorbei an Bäumen, Felsen, Höhlen und beobachtete die Umgebung nicht. Die Tiere sprangen aus den Büschen, als ich vorbeifegte, die Vögel erhoben sich in die Lüfte. Auch Krähen gaben ihren Ton dazu.

Und bald befand ich mich an einem Fluss, wo ich mich auf einen Stein sinken ließ. Ich beobachtete das schäumende Wasser. Wie es sich seinen Weg durch die Steine suchte und laut rauschend wie ein Vorhang über eine kleine Erhebung spülte. Ringsum war es still. Die Dämmerung hatte sich weiter verstärkt und am Himmel sah ich diese Luna. Den Mond, der jetzt wohl in der abnehmenden Phase war. Ich dachte an die Geschichte, die der Wolf mir erzählt hatte. Sie war schön gewesen, bis Byron mir gesagt hatte, dass sie nur erfunden war.

Aber was störte mich daran? Das musste mir doch klar gewesen sein? Engel und Götter? Sie waren doch nie von Bedeutung für mich gewesen. Es war die Hoffnung gewesen. Der Glaube, dass Liebe über alles siegen könnte, hatte mich gefesselt und so sehr angetrieben. Aber diesmal nicht. Ich hatte Lucy nicht retten können. Sie war tot. Und schlimmer noch. Ich hatte sie verraten.

Die Schmerzen waren schlimm, als ich es nicht mehr zurückhielt. Nicht körperlich, aber in mir. Tief in mir, grub es und fraß. Wie ein schmerzhaftes Loch und eine Sehnsucht, von der ich wusste, dass sie nie mehr gestillt werden würde. Lucy war tot. Und ich würde sie nie mehr wiedersehen. Nie mehr in Armen halten, nie mehr ihre Nähe genießen und nie mehr ihr Lachen hören. Sie wäre meine Chance auf ein normales Leben gewesen. Die Tränen liefen in Strömen, doch es störte mich nicht. Denn ich war alleine. Keiner hier, der mich beobachten konnte. Niemand, vor dem ich mich verstecken musste. Die Zeit beachtete ich nicht, sie war belanglos und nichtig. Aber als ich wieder einen klaren Verstand hatte, wenigstens Gedankengänge legen konnte, bemerkte ich, dass es bereits tiefe Nacht war. Ich konnte trotzdem alles erkennen, wie im grauen Schleier. Und es war ruhig. Bemerkenswert ruhig. Ich hatte mich so sehr daran gewöhnt, alles zu hören. Das Rauschen der Blätter, das unscheinbare Toben der Natur, dass es mich schon fast störte, dass es so ruhig war. Zu ruhig. Kein Wind, kein Leben, kein Mucks in dem Wald ringsum. War das seltsam? Mir schien es so und doch hatte ich keine Erfahrung damit. Aber es war auch nicht wichtig. Nicht jetzt. Ich lauschte in mich und versuchte den Wolf zu spüren. Irgendetwas zu berühren. Aber da war nichts. Nur eine Kraft in mir. Kein eigenständiges Wesen mehr. Byron hatte also Recht gehabt. Der Wolf war fort.

Ich stand auf und folgte dem Lauf des Wassers. Wohin ich wollte, wusste ich nicht. Nur, dass ich noch nicht zurück wollte.

Es gab eine Sache, der ich mich stellen musste.

Eine Antwort, eine Frage, die ich eigentlich nicht weiter beachten wollte. Und doch war es an der Zeit.

Hatte Arah Recht gehabt? War ich Schuld an Lucys Tod? Ja, ich hatte damals den Kontakt gesucht. Vielleicht hatte ich sie auch in mein Leben eingeladen. Aber wusste ich, was sie tun würde? Konnte ich mich selber für ihre kranken Spiele verantwortlich machen?

Nein. Hätte ich gewusst, was kommen würde, so hätte ich damals nicht eine Zeile geschrieben. Aber galt das in so einem Zusammenhang? Konnte Unwissen meine Entschuldigung sein? Wenn es um die Entscheidung ging?

Nein, ich hatte mich willentlich gegen diesen Abgrund gestellt, einen Ausweg gesucht und in Lucy gefunden. Ich hatte mich abgewandt und einen neuen Weg gewählt. Worin bestand meine Schuld dann? Und warum wollte ich es selber schuld sein? Das war verrückt. Arah hatte sie getötet. Mich und mein Leben, die Umstände, die sie voraus sah, benutzt. Sie hatte mit mir gespielt und wohl wissend allem seinen Lauf gelassen. Sie alleine hatte Schuld.

Und doch fühlte sich das so schal, zu einfach an.

Ich würde sie bezahlen lassen. Und wie. Auch wenn das nichts mehr ändern würde. Aber ich musste was tun. Irgendwas.

Wie sollte ich sie finden? Ich wusste nichts von ihr. Nur Phrasen, die noch von damals in mir herumschwirrten. Es war nie um einen Ort oder Zeit gegangen.

Die Adresse? Ein Postfach. Es war Jahre her, aber vielleicht besaß sie das noch? Benutzte es für andere Spiele mit dem nächsten Opfer? Ja, das konnte eine Spur sein.

Nur leicht, konnte ich es erst hören. Dann wurde es immer lauter und selbst leichte Vibrationen im Boden spürte ich. Als ich versuchte die Herkunft auszumachen, musste ich fast lachen. Ich lief los, geradewegs in den Wald und befand mich nach ein paar Minuten auf einer Lichtung und betrachtete das Spektakel.

Eine Bühne, die von Scheinwerfern gezäunt war. Scheinwerfer ringsum am Boden, die in jeder Farbe ihr Licht zum Himmel schickten, in gleichmäßigen Abständen einer Spur folgend. Riesige Boxen auf der ehemals unberührten Wiese, die hier so unpassend wirkten. Auf der Bühne der DJ. Eine schwarzhaarige Frau im weißen Kleid, die mit elektrischem Geräten, die Bässe und Melodie produzierte, die die Natur schweigen ließ. Aber noch fesselnder war der Anblick der tobenden Menge davor. Doch sie tobten nicht, sie tanzten. Voll und ganz schienen sie sich der Musik hinzugeben. Wie in Trance bewegten sie sich, erhoben die Hände

zum Nachthimmel und passten sich dem Takt
an. Ich selber spürte, wie es auch mich ergriff.
Und es vertrieb meine Gedanken. Diese
aufgeheizte Stimmung da vorne, wie in Ekstase,
losgelöst von allem weltlichen, ließ keinen Platz
für Sorgen. Genau das, was ich eigentlich
brauchte. Ich ging näher heran und nahm am
Rande dieser provisorischen Tanzfläche Platz.
Einfach in die Wiese ließ ich mich sinken und
beobachtete diese wogende Masse. Ich war
damit nicht alleine. Überall ringsum, fanden
sich weitere Grüppchen, die sich dem Alkohol
hingaben. Oder auch Paare, die sich in
Vergessenheit der Umgebung, sehr viel näher
kamen.

Ich war kein Tänzer. Hatte mich bei so etwas
immer schon an der Theke wiedergefunden
und die Schönheiten auf der Tanzfläche
beobachtet. Aber auch hier konnte ich mich
nicht ganz wehren. Meine Füße wollten ein
Teil der Musik werden und übertrugen den
Bass auch in meinen Körper.

Der weibliche DJ hob die Arme zum Himmel
und ein Sprecher verkündete ihren Namen. DJ
Lil. Und er gab weiter an den Nächsten. Ein
junger Typ mit seitlichem Kappy und breiter
Hose, übernahm die Geräte und brachte einen
neuen Beat in die Umgebung. Schneller, mit
sanfterer Melodie, aber nicht weniger fesselnd.
Ich beobachtete einfach nur Blondinen in

kurzen Röcken, die sich aneinander nach unten senkten und dann wieder nach oben schaukelten zum Höhepunkt im angedeuteten Zungenkuss. Frauen in Solo Einlage, wie in ihrer eigenen Welt und Paare in jeder Kombination. Es war einfach eine Wonne zuzusehen. Es vertrieb jeden finsteren Gedanken aus mir und ließ nur noch Platz für den Moment. Ich ließ es zu, dass diese Musik auch in mein Inneres glitt und schloss die Augen. Keine Gedanken mehr.

„Du hast ein Problem mit der Entscheidung."

Ich schreckte hoch. Wie als wenn ich geschlafen hätte, brauchte ich einen Moment um mich zurechtzufinden. Der weibliche DJ stand neben mir. Ich sparte mir eine Antwort. Nicht wirklich der Moment, mit einer Fremden über mich und meine Probleme zu reden. Sie schien es nicht zu stören, denn sie ließ sich neben mir ins Gras sinken. Alleine zu sein, wenn Andere dabei waren, selbst wenn es Fremde waren, schien nicht möglich.

„Aber was wäre, wenn Du die Entscheidung noch nicht getroffen hättest? Wenn Du eine Wahl hast, die man vor Dir verbirgt?"

Ich blickte sie jetzt doch an. Was wollte sie und worüber zur Hölle sprach sie?

„Vielleicht, weil man es selber nicht wusste?" Fuhr sie fort.

„Wovon sprichst Du?" Fragte ich jetzt doch.

Sie lächelte und das gefiel mir gar nicht. Denn sie sah bezaubernd aus. Überirdisch, ohne den geringsten Makel. Eine weiße Haut, graue Augen, unscheinbar und wissend. Alles an ihr war perfekt. Zu perfekt.

Ich lauschte in mich und versuchte sie zu spüren. Aber nichts, keine Antwort. Was war hier los? Mein erster Gedanke war Vampir. Aber ich entdeckte keine Eckzähne. Und vor allem fehlte dieser modernde Geruch, dem ich bei dem anderen Vampir gefolgt war.

„Finde es heraus." Sagte sie.

Ein junger Kerl kam herbeigeeilt. Auf den Armen transportierte er ein silbernes Tablett mit zwei Flaschen. Sie waren dunkelbraun eingefärbt und doch ohne Etikett. Bier?

Sie nahm die Flaschen herunter und bot mir eine an. Ich schüttelte den Kopf. Ganz sicher nicht.

„Du wolltest doch abschalten, nicht wahr? Warum bist Du sonst hier? Ein Bier wird Dir doch nicht schaden. Danach lasse ich Dich auch in Ruhe, wenn Du es dann noch willst."

Und ich nahm es. Der Kerl verschwand wieder und sie stieß ihre Flasche gegen meine. „Auf Ex," sagte sie und blinzelte mir zu.

Was solls. Ein Bier würde mich nicht umbringen. Ich setzte an, schluckte und spürte das schaumige Gesöff die Kehle herunterfließen. In einem Zug leerte ich die

Flasche und sie nahm sie mir ab.

„Was war das für ein Bier?" Fragte ich sie. Es fehlte der bittere Nachgeschmack. Vielmehr erinnerte es mich an einen Wein. Ein Cocktail mit einem kräftigem Beigeschmack.

„Ambrosia. Der Nektar für Götter." Sie lachte wieder, ergriff meine Hand und zog mich auf die Füße. Ich ließ es geschehen, kam nicht mal auf den Gedanken, mich zu wehren. Ich fühlte mich mit einem mal lebendig, irgendwie losgelöst. Der Alkohol? Bei einem Bier? Aber ich wollte es gar nicht wissen. Nicht mehr denken. Nur frei sein.

Wir standen am Rande dieser Tanzfläche. Aber ich sah keine Menschen mehr, kein simples Tanzen. Ich spürte den Takt in jeder Phase meines Körpers. Sah die tobende Masse, aus hebenden und senkenden Wesen. Spürte die Hitze der schweißtriefenden Körper um mich herum. Den Herzschlag eines jeden, der beschleunigte Atem, ihr Hunger nach Nähe und Leidenschaft. Und die Begierde nach Lust, die auch mich innerlich ansteckte und Wünsche erweckte. Ich wollte eins sein. Mit anderem, mich selber verlieren. Aber gleichzeitig auch besitzen und aufnehmen. So viel strömte in mich hinein, dass ich nicht einen Moment zögerte, sondern einfach von Allem mitgerissen wurde.

„Tritt ein", sagte sie und zog mich mitten in die

Menge. Erst stand ich nur da. Um mich herum tobte es. Feuer, Funken, die innerlich brannten und explodierten. Sie drehte sich, erhob die Hände zum Himmel und schwang hinunter. Wie in Zeitlupe, konnte ich beobachten, wie ihre Hüfte im Takt schwang und die Taille sich seitlich bewegte. Die Brüste zeichneten sich sehr genau unter diesem Kleid ab und alles an ihr, schien mich zu locken. Dann kam sie näher. Sie ergriff meine Hände und zog mich an sich heran. Ganz nah. Sie schwang weiter im Rhythmus und ich folgte ihr. Sie fasste mich am Kinn, sah nur eine Sekunde ganz tief in meine Augen. Ich konnte nirgendwohin, nichts anderes mehr sehen, als sie. Und ich wollte es auch nicht. Es gab da etwas in mir, was mich zurückhielt. Noch ganz schwach, hemmte mich etwas. Ihre Lippen hauchten mir ins Ohr: „Ich werde Dich nie verlassen. Ich bin Dein, in Ewigkeit." Ihre Wange strich nur ganz seicht über meine Haut. Ihre Lippen suchten sich den Weg und fanden die meinen. Und ich gab nach. Ich küsste sie, konnte es nicht mehr zurückhalten. Sekunden, Minuten, Stunden? Die Zeit strich vorbei und blieb doch stehen. Nur sie. Ganz nahe bei mir. Wir tanzten, drehten uns in Umarmung und mit jedem Augenblick, wurden die Empfindungen nur intensiver. Ich wollte mehr. Viel mehr. Der Kellner von eben schob sich an den Tanzenden vorbei und versorgte uns mit neuem Bier. Ich nahm es nicht richtig wahr. Alles was zählte, war sie.

Mit einem Mal war sie verschwunden und ich stand alleine da. Aber alleine war ich nicht. Neben mir, eine Blondine, jung und voller Leben. Ich ergriff sie am Arm und drehte sie zu mir. Der junge Kerl an ihrer Seite wollte protestieren, doch ich schubste ihn einfach weg. Ich zog die Blondine nah an mich heran und sog ihren Duft auf. Weiblich, zart und so betörend. Aber da war noch etwas Anderes. Ich wollte sie. Ich küsste sie erst nur ganz leicht auf die Lippen. Dann wilder und schneller. Sie ließ es zu, gab sich mir hin und öffnete sogar bereitwillig den Mund. Unsere Zungen umspielten einander. Nur leicht und doch fordernd. Sie presste ihre Hüften an mich. Ich löste mich für einen Moment. Ließ sie los, tanzte um sie herum und betrachtete sie genau. Ihr freier Rücken, diese zarten Schultern. Ihr Kleid umspielte nur leicht ihre Züge und ließ mich erst recht alles wollen. Ich stoppte hinter ihr und küsste sie auf den Nacken. Erst nur ganz leicht, saugte ich an ihrer sonnengebräunten Haut. Ihr Stöhnen, der beschleunigte Herzschlag, das Pulsieren und ihr salziger Geschmack. Das alles berührte und erreichte etwas. Ich wollte sie. Aber genauso unschuldig und rein, wie ich sie gerade sah. Ich wollte sie erleben, in sie eintauchen und ganz aufnehmen. Verlangen breitete sich in mir aus. Ein Brennen in den Adern, wie ich es noch nie erlebt hatte. Meine Lippen fuhren weiter über ihre Schultern und dann doch wieder zurück zum Nacken. Ich konnte es sehr genau spüren. Wie es dort pulsierte unter ihrer Haut. Voller Kraft und Leben. Ich küsste sie immer fester und merkte, wie meine Zähne fast unfreiwillig über ihre Haut strichen. Dann ein scharfer Schmerz in meinem Mund und sie senkten sich hinein. Nur ganz sanft und mühelos gruben sie sich in ihr Fleisch. Die Frau stöhnte auf und es floss in meinen Mund.

So rein, so unberührt und so mächtig. Ich sah Bilder, spürte jede tiefe Empfindung, die sie erlebt hatte. Ich wurde weggespült von dieser Welt, diesem Ort, direkt in ein Paradies. Lust, Ekstase, wie ich sie nie auch nur hätte erahnen können. Ich bekam nicht genug davon und mit jedem Schwall erfüllte es mich neu. Doch so langsam wurde es weniger und ich biss noch kräftiger zu. Nicht mehr nur in die Haut. Auch das Fleisch öffnete sich meiner Gier und musste mir mehr davon geben. Unendlich viel mehr. Das durfte nie aufhören.

Ich wurde weggezogen und ein Knurren erklang aus meiner Kehle. So fremd. War das ich? Der weibliche DJ stand wieder vor mir.

„Das reicht. Sonst stirbt sie.‟

Ich schüttelte mich. Mein Verstand klärte sich und doch, diese Gier blieb. Dieser Hunger, nicht zu stillen und in jeder Ader fressend und fordernd. Und noch etwas geschah. Ich erwachte irgendwie. Wie aus einem Traum, lichtete sich der Nebel und die Erinnerung kam zurück. Rose, Arah, Vampire und Lucy.

„Was hast Du gemacht?" Fuhr ich sie an. Ich war wütend und zornig. Fühlte mich, als hätte man wieder mit mir gespielt. Aber anders noch. Ich wollte reißen, töten und bestrafen. So, meine Gier stillen und besänftigen. Das war nicht der Wolf. Der war zwar stark gewesen, aber friedlich und wild zugleich. Das jetzt, war pure Zerstörung.

„Nichts, was Du nicht wolltest." Sagte sie und fuhr sich mit der Hand über den Hals. Ein Schnitt, ein paar Tropfen Blut, die sich lösten und herunter rannen. Der Schnitt heilte wieder und doch konnte ich meinen Blick nicht von den Spuren lassen, die sich noch an ihrer Haut befanden. Ich wehrte mich, kämpfte dagegen an. Meine Fingerknöchel knackten, so fest presste ich die Hände zusammen. So einfach, so köstlich und so sehr brauchte ich es. Ich tat es einfach. Ohne eigenen Willen beugte ich mich zu ihr. Riss ohne Sanftheit ihren Hals auf und fing jeden Tropfen auf. Es war anders. Es war mächtiger und alles so viel stärker, als kurz zuvor noch. Hielt ich es vorher für das

Paradies, so musste ich es nun steigern. Die Erlösung, der Himmel, die Ewigkeit. Unendlich und so überirdisch klar und rein. Konzentrierte Macht.

Ein ohrenbetäubender Lärm, der in mir nachhallte, dann ein Schlag im Oberschenkel und ich taumelte zur Seite. Ich blickte an mir herunter, entdeckte Blut an meinem Bein.

„Ein Durchschuss. Ist gleich verheilt. War nur Silber." Sagte die Vampirin und ging einige Schritte von mir weg.

„Silber?" Rief ich aus. Siedenheiß, fiel es mir wieder ein.

„Es wird Dir nicht mehr schaden. Und im Moment ist es Dein geringstes Problem." Dann war sie verschwunden. Ich fuhr herum.

Die Musik hatte schlagartig ausgesetzt und die Menschen ringsum, liefen in Panik davon. Ich stand alleine, in Mitten dieser Tanzfläche, die nur noch aus platt getrampelten Halmen bestand. Eine Gruppe kam auf mich zu. Der Erste hielt ein Gewehr in Händen. Er war an der Seite von Byron gewesen, als sie mich befreit hatten. Gott sei Dank. Sie würden die Vampirin zur Strecke bringen. Ich lief ihnen entgegen.

„Es gibt eine Vampirin hier. Und sie ist sicher nicht alleine. Schnell beeilt Euch, sie muss hier noch irgendwo sein." Ich wollte ihn am Arm packen, doch er wich aus und der Gewehrlauf traf mich ungebremst im Gesicht.

Ich hörte es Knacken, spürte den stechenden Schmerz und schmeckte das Eisen meines eigenen Blutes. Aber direkt fing auch die Heilung an, es juckte und brannte im Knochen selber. Fassungslos blickte ich ihn an.

„Was soll das? Erkennst Du mich nicht? Ich bin der Gefährte von Rose. Ich habt mich ..." Doch bevor ich weitersprechen konnte, feuerte er erneut und es riss mich von den Beinen. Schon wieder lag ich am Boden.

„Sei still Missgeburt. Wo sind die Anderen?"

„Freunde von Dir?" Hörte ich eine lachende Stimme in meinem Kopf. Ich suchte die Umgebung ab und erblickte sie beim Bus dieser Gruppe.

„Da ist sie," und ich zeigte direkt auf sie. Sie drehten sich um und suchten mit den Blicken. „Dort direkt bei Eurem Wagen." Versuchte ich sie mit der Nase drauf zu stoßen.

Er drehte sich mir wieder zu und schoss in mein anderes Bein. „Netter Trick. Spiel nicht mit uns." Gab er zischend von sich.

„Sie können mich nicht sehen. Nur Du. Ich würde Dir raten sie zu töten, sonst machen sie es mit Dir." Wieder ihre Stimme in meinem Kopf.

„Nein." Sagte ich laut und sah, dass der Typ mit dem Gewehr anfing zu lächeln. Nicht freundlich, eher in Vorfreude, gehässig. Der junge Kerl neben ihm holte etwas unter der Jacke hervor, was ich als Holzpflock erkannte.

„Dann ist es gleich zu Ende und Du wirst Lucy nie wiedersehen. Ich bestelle ihr Grüße von Dir." Gackerndes Gelächter, nur für mich hörbar.

Ich sprang auf. „Was?" Schrie ich.

Sie sagte: „Sie lebt. Aber wenn Du lieber sterben willst, ist das Deine Sache."

Der Mann mit dem Pflock holte aus. Mir blieb keine Sekunde zum Nachdenken.

Lucy lebte? Schon alleine die Möglichkeit, die Hoffnung, ließ mich handeln.

Ich wich aus, riss ihm den Pflock aus der Hand und bohrte ihn in seinen Hals. Keuchend fiel er zu Boden, als das Gewehr wieder donnerte. Ich sah das Mündungsfeuer, wie die Kugel den Lauf verließ und ging aus ihrer Bahn. Mühelos und ohne Anstrengung. Dann stand ich hinter ihm und verdrehte ihm in einer Bewegung den Hals, bis es knackte und auch für ihn zu Ende war.

Die Vampirin klatschte in die Hände. „Du hast Potential. Wirklich."

Sie hatte die Restlichen schon getötet. Aber das war nicht wichtig. Nur eines zählte.

„Was ist mit Lucy? Wo ist sie?" Ich wollte sie packen, doch sie wich mir aus.

„Ich bin nicht Dein Feind. " Sagte sie lachend und tänzelte um mich herum.

Ich drehte mich und schlug zu. Sie wurde zurückgeworfen und flog gegen den Bus, dass sich das Blech einbeulte und der Wagen quietschend schaukelte.

„Es interessiert mich nicht, wer Du bist. Dich töte ich ohne Reue. Wo ist sie?" Ich packte sie am Hals und drückte den Holzpflock auf ihre Brust, der noch vom menschlichen Blut triefte. Es bröselte in ihrer Miene und ich sah, dass ihre Selbstsicherheit, wie weggeblasen war. Für einen kurzen Moment, blitzte sogar Angst aus ihren Augen. Gut so. Denn ich würde nicht zögern.

„Wenn Du mich tötest, erfährst Du es nie."

„Das mag sein. Aber wenn sie lebt, finde ich sie auch ohne Dich."

„Es ist nicht so einfach, wie Du denkst. Du brauchst mich dafür. Sie ist gefangen." Ich ließ sie los und warf den Pflock zur Seite. „Bring mich zu ihr. Und keine Tricks. Die vertrage ich nicht mehr. Keine Spiele, sonst bist du auf der Stelle tot."

„Einverstanden." Sie ergriff meine Hand und zog mich in den Schatten eines Baumes. Ich taumelte etwas, in mir verschob es sich. die Umgebung verschwamm und dann klärte es sich wieder. Keine Ahnung, was sie oder auch wir, da gerade gemacht hatten. Aber es spielte auch keine Rolle, denn ich sah sie.

Lucy. Endlich.

Ich überflog die Entfernung und stand genau vor ihr. Ich rief ihren Namen, winkte und dann klopfte ich gegen dieses Glas. Doch sie reagierte nicht. Verändert hatte sie sich. Schwarze Haare anstatt der Blonde, seltsame Muster auf der Haut.

Ich fuhr herum, wollte diese Frau packen, aber sie wich mir aus. Schneller, als ich es selber überhaupt sehen konnte. „Was ist mit ihr? Was hast Du gemacht?

Sie kam wieder näher, stellte sich neben mich. „Das war nicht ich, sondern Deine kleine Freundin Arah."

„Arah." Ich spie diese Worte aus. „Wo ist sie? Sie wird sie befreien und dann töte ich sie."

„Glaub mir. Dafür ist sie zu mächtig. Aber für mich würde sie es tun."

„Und Du bist?"

„Ich hatte schon viele Namen. Nenn mich Lilith, wie die Meisten."

Ich ging ganz nah an dieses Glas heran, legte meine Hand darauf. Aber ich konnte nichts spüren. „Was ist mit ihr?"

„Sie ist in einer Traumwelt gefangen. Arah hat sie mit einem Zauber belegt. So, wie die Anderen auch hier. Und nur sie, kann sie auch wieder befreien."

Die Anderen spielten keine Rolle für mich. Nur Lucy. Zum Greifen nah und doch unerreichbar. Aber sie lebte. „Wo finde ich Arah? Hol sie her."

„Alles zu seiner Zeit. Du tust etwas für mich und ich für Dich."

Ich musterte sie. Sie führte garantiert etwas im Schilde. So naiv war ich nicht mehr. Aber ich hatte auch keine Wahl. „Was soll ich tun?"

„Es gibt ein Kästchen, das man mir gestohlen hat. Es ist ebenso magisch versperrt. Ich kann dort nicht hin. Aber Du. Sehr wahrscheinlich, bist sogar Du der Einzige, der dort eintreten kann."

„Und warum? Warum nur ich?"

„Es ist verknüpft mit Dir und Deinem Schicksal. Und doch ist es unbedeutend für Dich. Hol es mir und ich rufe Arah. Sie gehört dann ganz Dir."

„Wie komme ich da hin."

„Wie wir gerade. Du musst einfach in die Schatten gehen. Stell Dir etwas vor. Ein Bild, ein Moment, eine Person. Und Du wirst genau dort auftauchen. Denk an diesen Club, wo Du den Vampir getötet hast. An eine Kirche verfallen und verkommen. Im Keller gibt es ein Gewölbe ohne Eingang. Dort musst Du hinein."

Ich ging zum Ende des Raumes, wo wir gerade aufgetaucht waren. Dann blieb ich stehen. Ich drehte mich noch einmal um. „Warum bin ich ein Vampir?"

„Weil Du Dich so entschieden hast." Gab sie

mir nur zur Antwort.

„Ich denke, das stimmt so nicht. Du hast mich manipuliert. Das klären wir auch noch. Aber ich meine, vorher war ich ein Werwolf."

Diesmal sah ich sie fragend an.

„Das stimmt. Aber Du warst von Beiden gezeichnet. In den ersten drei Nächten um den Vollmond, konntest Du dich noch entscheiden. Und das hast Du."

„Indem ich Menschenblut trank?"

„Genau das."

Ich ging ohne weitere Frage in die Schatten.

<<>>

Arah näherte sich Lilith von der Seite. Sie hatte alles mit angehört, sich nur in den Schatten bedeckt gehalten. Aber sie verstand es nicht. Was hatte Lilith vor?

„Soll ich sie wirklich befreien, wenn er getan hat, was Du wolltest?" Fragte sie Lilith.

„Natürlich nicht. Aber Liebe ist noch immer die stärkste Motivation und hat dabei noch die Fähigkeit, den Verstand zu benebeln."

Arah suchte in ihrem Gesicht nach einer Regung. Aber nichts. Keine Freundlichkeit, keine Boshaftigkeit. Absolut nichts. So berechnend und emotionslos, wie immer.

„Warum hast Du ihn zu einem Vampir gemacht?" Fragte Arah.

Lilith drehte sich zu ihr um und wie aus dem Nichts, schlug sie zu. Arah rutschte über den

Boden und flog gegen die hintere Wand. Sterne, Blut in ihrem Mund. Keine Gefahr, es heilte schon wieder. Aber warum tat sie das?

„Das warst Du. Und dafür sollte ich Dich töten. Du weißt nicht, womit Du gespielt hast. Fast wäre es schief gegangen. Aber das wird nun nicht mehr passieren."

Arah hatte keine Ahnung, was das heißen sollte. Sie richtete sich wieder auf.

„Ich habe alle gefunden. So, wie Du es wolltest. Wann sollen wir das Ritual durchführen?" Ganz langsam näherte sie sich Lilith wieder.

„Es gibt kein Ritual. Kain wird wiederkommen. Das da," sie zeigte auf die gefangenen Vampire, „ist unbedeutend."

„Du hast einen Weg gefunden Kain wiederzuholen?" Arah konnte es nicht fassen.

„Glaubst Du denn, ich finde so etwas durch Zufall? Ist es nicht eher das Ergebnis meiner Jahrhunderte langen Arbeit? Das Schwierigste war die Geduld."

„Du wusstest damals schon, dass Du Kain wiedererwecken kannst? Aber warum dann das alles?" Zum ersten Mal war Arah wirklich verwirrt.

„Muss denn alles einen Grund haben?" Fragte Lilith. Arah verstand immer weniger.

„Ja, das muss es, nicht wahr?" Und diesmal lächelte Lilith. Aber es war kein freundlicher Zug. Ein Lächeln, so verkommen und voller

Dunkelheit, dass es selbst Arah fröstelte.

„Du hast diese Geschichte geglaubt. Du wolltest sie so sehr glauben. Ich war nie ein Engel. Ich kenne das Paradies nicht und Gott ist ganz sicher nicht mein Schöpfer. Nicht dieser Gott. Es geht hier um etwas Anderes. Etwas, dass Du in Deiner Kleinlichkeit nicht begreifen kannst." Führte Lilith aus.

„Ich verstehe noch immer nicht." War alles, was Arah hervorbrachte.

„Natürlich nicht. Du sahst in mir Deinen Erlöser. Die Befreiung von Verantwortung, Pflichten und Moral. Die Auslöschung aller Gesetze. Der Weg zur vollkommenen Freiheit. Willenlos bist Du mir gefolgt. Du wolltest so sein wie ich. Du mit Deinen kleinen Spielen. Glaubst Du irgendeines dieser Leben hätte eine Bedeutung? Luna Lupus, oder wie sie sich nennen? Sie sind unbedeutend. So bedeutungslos wie Du selber.

So brav hast Du meine Geschichte verbreitet. So sehr wolltest Du die Böse sein. Aber das alles war nur der Weg zu meinem Ziel. Du wolltest spielen, dabei bist Du selber doch die größte Marionette von allen geworden."

Arah sagte nichts. Langsam bildete sich eine Erkenntnis, gegen die sie sich aber noch wehrte.

„Ich gebe Dir eine Woche. Finde und töte Deine Schwester. Tust Du es nicht, so wirst Du sterben. Denn ich brauche Dich nicht mehr." Lilith zeigte auf die eingesperrten Vampire. „Genauso wenig, wie Deinen Hokuspokus. Du warst mir nur einmal richtig von Nutzen. Als Du Deinen Vater getötet hast. Für nichts Anderes bist Du zu gebrauchen." Lilith fuhr heran, packte Arah am Hals. „Eine Woche", zischte sie ihr ins Ohr. Dann grub sie ihre Zähne hinein und trank, bis Arah anfing zu schwanken. Arah konnte sich nicht wehren. Sie war zu schwach und immer mehr Kraft wurde ihr hinaus gesaugt. Immer schwächer wurde ihr Herzschlag und sie sah ihrem Ende entgegen. Doch zum ersten Mal in all den Jahrhunderten, war es ihr egal.

Lilith ließ von ihr ab und stieß sie weg. „Eine Woche", sagte sie noch einmal. Arah sah sie fassungslos an und ging dann in die Schatten.

<<>>

Ich tauchte wieder auf. Eine seltsame Art zu reisen. Es war dunkel, ohne den Hauch vom kleinsten Lichtschein und doch konnte ich alles erkennen. Es war ein Gang. Ein Gang, der immer weiter hineinführte. Ich wusste noch nicht mal, ob ich hier richtig war. Ob es auch so funktioniert hatte, wie Lilith es gesagt hatte.

Lilith. Mir war klar, dass ich ihr nicht trauen konnte. Sie kannte Arah. Und vielleicht hatte sie sogar mit ihr zusammengearbeitet? Auf jeden Fall wusste sie zu gut über mich und diese seltsamen Umstände Bescheid. Ich sollte vorsichtig sein. Ich könnte versuchen sie zu töten. Rose und Byron um Hilfe bitten? Wenn die genauso reagierten wie die Gruppe eben, wäre das nicht möglich.

Es ging um Lucy. Alles Andere war unwichtig. Selbst wenn es meinen Tod bedeuten würde mich mit Lilith einzulassen. Solange nur die Hoffnung bestand, dass ich Lucy befreien konnte, wäre es das wert.

Ich erreichte einen Raum, ließ meinen Blick hindurch gleiten und entdeckte es sofort. Das einzige Kästchen weit und breit. In mir konnte ich fühlen, dass es das war, was sie wollte. Wie eine Stimme rief es mich. Es lockte und zerrte an mir. Ich spürte die Bedrohlichkeit,Gefahr, etwas Altes und sehr Mächtiges. Es schien, als wenn dieser simple Gegenstand selber leben würde. Das war natürlich Unsinn, aber ich konnte diesen Gedanken nicht los werden. Ein Pentagramm am Boden, eine weiße Frauen Statue, Bücher und Regale. Was auch immer das hier gewesen war, es hatte mit Magie zu tun gehabt. Ich ergriff das Kästchen, erwartete fast, dass ich mich verbrennen würde. Doch es geschah nichts. Sofort tauchte ich wieder in die Schatten, bevor doch noch was passieren konnte. Eine Falle, ein Wächter, man kannte so etwas doch aus diesen Abenteuerfilmen. Und mittlerweile rechnete ich mit fast allem. Zu viel hatte ich schon erlebt, dass mich noch was überraschen konnte.

Erneut tauchte ich auf. Eine frische Brise wehte mir in das Gesicht und ein seltsamer Geruch nach Tier. Es war ruhig. Viel ruhiger als es sein sollte. Ich bog um das Haus und sah mich einer Szene ausgesetzt, mit der ich hätte rechnen müssen.

Die Zeit stand wie still und keiner tat etwas. Sie blickten mich nur an. Aber ich konnte spüren, dass sie innerlich angespannt waren. Bereit zu reagieren, sobald ich etwas Falsches tat. In den Gesichtern die Entschlossenheit, mich unbarmherzig zu töten. Byron und Rose. Beide die einzigen ohne Waffen. Die zwei zu seiner Rechten hielten Gewehre in den Armen. Auf dem Dach, in die Schatten geduckt, weitere mit gezogenen Schwertern. Ich musste kein Vampir sein, um zu erkennen, in was für einer Gefahr ich mich befand. Aber genau das war der Umstand, der die Situation eskalieren lassen konnte.

Ich hob meine Arme in die Höhe, damit sie erkennen konnten, dass ich unbewaffnet war. Dann beugte ich mich hinunter zum Boden und stellte das Kästchen ab. Ich ging ein paar Schritte rückwärts und beobachtete die Bewaffneten. Fast unauffällig zitterte der Lauf ihrer Waffen und folgte jeder meiner Bewegungen. In ihren Augen entdeckte ich eine

Mischung aus Angst und Entschlossenheit. Daraus konnte ich schließen, dass sie wussten, was vorher passiert war. Kein guter Start für eine Zusammenarbeit. Aber was hatte ich auch erwartet? Rose blickte nicht mich an, sondern nur mit gesenktem Haupt auf das Kästchen. Ich wünschte, dass ich etwas für sie empfinden könnte. Aber da war nichts außer der Erinnerung. Es war also wirklich nur dieser Bann gewesen, der mich an sie gefesselt hatte. Ein bitterer Beigeschmack in meinem Mund. Und dafür hatte ich Lucy verraten. Sie vergessen und ersetzen wollen. Und Byron wollte mich noch darin bestärken. Es loderte in mir, doch ich versuchte es mit aller Kraft zurückzudrängen. Das wäre jetzt nicht hilfreich. Würde ich mich mit gefletschten Zähnen auf sie stürzen, würde ich keinen am Leben lassen. Das war mir klar. Ein angemessener Preis für den Verrat, den auch sie an meiner Liebe begangen hatten. Ruhig. Ganz ruhig. Ich atmete langsam ein und aus. Versuchte diese Gedanken zu verdrängen. Lucy lebte. Es gab also eine Möglichkeit sie zu befreien. Sie konnte wieder die Meine sein und ich könnte das alles hier hinter mir lassen. Schon bald.

„Es kann böse enden. Aber das muss es nicht." Zwang ich mich die Worte emotionslos auszusprechen.

„Ich denke, das hättest Du Dir überlegen

sollen, bevor Du meinen Sohn getötet hast." Byron sprach ebenso ruhig, doch seine Augen veränderten sich. Rose hielt ihn am Arm. Das war wahrscheinlich der Grund, warum er sich noch nicht verwandelt hatte. Sein Sohn. Dumme Nebensache, die ich hätte vorher wissen sollen. Es war ein Fehler hierher zu kommen.

„Ich konnte nicht anders. Sie haben mich angegriffen." Alle spielten hier miteinander. Nur ich hielt mich an Regeln. Warum? Es ging um Lucy, verdammt nochmal. „Und wer sagt, dass ich es war?"

Für einen Moment sah er mich überrascht an. „Netter Trick. Du warst alleine da. Wer solle es sonst gewesen sein?"

„Ich war nicht alleine. Wer glaubst du hat mich zu dem gemacht, was ich jetzt bin?"

„Du alleine. Es war Deine Entscheidung." Sagte Byron einfach.

„Du wusstest davon?" Das reichte. Ich ging nur einen Schritt nach vorne und die Gewehrläufe schossen ruckartig in die Höhe. Die zwei rutschten mit den Füßen auf der Erde herum. Sie waren unschlüssig, ob sie schießen sollten. Sehr gut. Ein Zweifel, ein Moment. Mehr würde ich nicht brauchen, um sie zu töten. „Wie wäre es mit etwas Wahrheit gewesen? Was wusstest Du sonst noch? Was hast Du mir noch verheimlicht?"

„Ich wollte nicht, dass Du die falsche Seite wählst." Sagte Byron.

„Ach, und welche Seite die richtige ist, entscheidest Du für mich? Wer bist Du? Mein Vater?" Irgendetwas passierte in mir. Kein Hass, keine Wut. Etwas Anderes, auf das ich zugreifen konnte. Mein Eckzähne wuchsen und bei den letzten Worten veränderte sich meine Stimme.

Auch Byron wollte nach vorne, doch Rose hielt ihn am Arm fest. Erbost, mit funkelnden Augen sah er sie an. Einige Sekunden vergingen, dann nickte er und schien sich zu entspannen.

Rose erhob das Wort und jetzt musste ich sie anblicken. Ich sah in ihre grünen Augen. Kein Eintauchen in eine andere Welt, keine Leidenschaft oder Begehren. Aber viel mehr ihre Zerbrechlichkeit. Das sanfte Plätschern eines Flusses, wo neben sich der Sturm falsch vorkam. Und mit einem Mal fühlte auch ich mich schlecht, weil ich es entfesseln wollte. Es zog sich zurück.

„Wer war mit Dir da?" Fragte Rose und lächelte mich an.

Es widerstrebte mir. Ich wollte sie hassen, sie verfluchen und verdammen. Sie hatte mich von Lucy weggeführt. Meine Gefühle beeinflusst. Aber ich konnte es nicht. Irgendetwas war da. Ich fluchte innerlich. Und mit Willenskraft schaffte ich es wenigstens nicht zu lächeln.

„Eine Vampirin, die mir die Wahrheit gesagt hat. Was ihr vor mir verborgen habt."

„Wir haben es für Dich getan." Rose blieb ruhig, was mir so gar nicht gefiel.

„Ich hätte selber wähle sollen. Aber ihr wolltet diese Entscheidung für mich treffen."

„Vergiss nicht, dass sie Dir das Leben gerettet hat." Fuhr Byron dazwischen. Rose bedeutete ihm zu schweigen. „Warum bist Du wiedergekommen?" Fragte sie.

Irrte ich mich, oder sah ich da so was wie Hoffnung in ihrem Gesicht? Aber wieso? „Lucy lebt noch. Arah hat sie eingesperrt. Hält sie mit irgendeiner Magie gefangen. Lilith, der ich auch diese Verwandlung verdanke, will mir helfen sie dazu zu bewegen, Lucy frei zu lassen. Aber ich glaube ihr nicht. Wir alle kennen Arah. wie könnte ich also?"

„Lilith?" Fragte Rose. „Hat sie unsere Brüder getötet?"

„Ja, und mit Vergnügen." Eine kleine Notlüge, die nicht ganz falsch war. Rose musterte mich, schien aber nichts zu entdecken.

„Und was ist mit diesem Kästchen?" Fuhr Byron wieder dazwischen. Wieder eine Handbewegung und diesmal auch ein böser Blick von Rose. „Was ist da drin?" Wiederholte sie.

„Ich weiß es nicht, nur dass sie es will." Sagte

ich.

„Und wie sie es will." Eine wohlbekannte Stimme hinter mir. Während ich mich umdrehte, passierte alles gleichzeitig.

Ein Getöse, Gewehre, die abgefeuert wurden und Schatten, die sich überall um uns bewegten. Die zwei neben Byron, gingen zu Boden. Die auf dem Dach rollten herunter und landeten neben Rose. Alle tot. Stattdessen andere Gestalten, die sich dort oben erhoben. Rose, mit überraschten Augen, die sich langsam der Erkenntnis näherten, als sie sich an die Brust fasste. Dann fiel auch sie. Bevor ich auch nur die Gestalt hinter mir erblicken konnte, lagen alle auf dem Boden. Bis auf Byron. Er steckte mitten in der Verwandlung, als ihn die Kugeln trafen. Er kämpfte sich wieder auf die Oberarme, knurrte und heulte aus keinem menschlichen Mund mehr. Doch dann trafen ihn die Schwerter und auch für ihn war es zu spät.

Lilith. Sie stand auf einmal vor mir. „Was wolltest Du hier? Glaubst du, die könnten mich aufhalten?" Ich wollte antworten, hatte aber keine Zeit mehr. Ich blickte an mir herunter. Ich konnte nicht mehr atmen. Schmerzen, die von überall zu kommen schienen. Ich sah den Boden immer näher kommen und dann schlug ich auf. Keine Schmerzen, beginnende Dunkelheit und das Wissen, dass es vorbei war.

Endgültig. Meine Sicht verschwamm und die Nacht griff auch in mir an. Dunkelheit wollte sich immer weiter ausbreiten. Ich sah Schemen. Eine Frau, die nach dem Kästchen griff. Dem Kästchen, das offen war. An seine Stelle fiel etwas zu Boden, dass mal das Zentrum meines Lebens gewesen war. Fehl am Platz, tot und doch noch lebendig. Mein Verstand rauschte in die Dunkelheit, wollte das aufnehmen und konnte doch nicht mehr.

„Du warst der Schlüssel. Ich danke Dir dafür." Eine Stimme ohne Ursprung, ohne Sinn und Ziel.

Dann nur noch Schemen. Ein Schleier, der sich über die Unbeweglichkeit zog. Ein Gedanke, ein Name, ein Gefühl. Lucy. Schon wieder. Ich würde sie nicht retten können.

Plötzlich schwollen die Schmerzen an. Durchdrangen und vertrieben den Nebel wieder. Ich wurde umgedreht und mit Gewalt durchgeschüttelt. Ich wollte nicht. Ich löste mich, fühlte die Ewigkeit, Freiheit in Loslösung, aber wurde zurückgerissen.

Rote Locken, ein weißes übernatürliches Gesicht. Ein Engel? Die Schmerzen in der Brust verschwanden. Und doch besaß ich keine Kraft mehr. Kein Muskel, kein Gedanke. Nichts mehr, dass mir gehorchen wollte. Dann ergriff mich doch die Dunkelheit und ich verschwand.

Spinn 2

Fluent Soul

Ein Kern ohne Hülle,
Eine Verbindung,
verknüpfte Festigung,
die ein Jeder besitzt.

Zeichen unseres Ursprungs?
Das Abbild unseres Schöpfers?
Oder konzentrierte Macht,
Ohne weltlichen Ursprung?

Befreit und gelöst,
vom Willen,
dem Verständnis
und vor allem Hemmungen,
können wir nicht mehr beschränken,
einsperren oder auch lenken.

Es fliegt,
es zieht,
an Orte,
des Himmels,
oder auch der Hölle.

Ewigkeit im Licht,
Dunkelheit im Feuer.
Was kommt,
wissen wir nicht.
Woher?
Auch das nicht.
Doch besitzen tun wir es alle.

Ein feuerroter Himmel. Wolken, die in pechschwarzer Farbe darüber fegten. Ein Orkan, der sie umwehte. Züngelnde Blitze trafen in die ausgetrocknete Erde. Aufgebrochen, führte sie kein Wasser, sondern rotglühende Asche, die nur am Rande verkrustet, ihren Fuß aushielt, als sie hinüber sprang. Ringsum nur abgestorbene Bäume, deren totes Holz ebenso glühte wie der Todesstrom aus dem Kern der Erde.

Sie landete auf allen Vieren auf der anderen Seite, so eines Flusses. Das schwarze Haar peitschte ihr ins Gesicht, wurde aber sofort von der Kraft der wilden Natur erfasst und zurück geschleudert. Sie richtete sich auf, breitete die Arme aus und begrüßte diese rohe, ungezügelte Kraft. Sie war frei. Sie war glücklich und würde es für immer sein. Dabei wusste sie noch nicht einmal, warum, oder wer sie überhaupt war. Nichts zählte, außer diesem Moment, der in unbewegter Zeit diese ganze Welt antrieb. Sie stand an einer rauhen Klippe aus angeschärftem Stein, den diese Kraft gebildet hatte und sprang. Mitten in die Lava, in die alles verzehrende Glut.

Sie löste sich auf. Spürte, wie sie an Form verlor und hatte dennoch keine Schmerzen. Sie fühlte ... nichts. Keine körperlichen Unterschiede, kein Bedauern, nur diese einzige Freiheit und das Glück.

Sie rauschte ohne Körper durch einen Tunnel der verschiedensten Farben. Wesenheiten, die sie streiften, ihr aber nichts anhaben konnten. Und dann geschah es. Sie wurde ausgespuckt und landete wieder in dieser Welt, in einem Körper.

Sie nahm einfach an, dass es ihr eigener war. Er veränderte sich nicht, hatte immer die gleiche Form, sogar immer wieder das gleiche Kleid an. Und trotz, dass sich ihr so sehr diese Gefühle aufdrängten, diese zwei einzigen ohne ersichtlichen Grund. Freiheit und Glück, wusste sie plötzlich, dass sie gefangen war. Egal was sie in dieser kleinen Hölle tat. Sie würde immer wieder hier landen.

Nur in diesem Tunnel ...

Vielleicht konnte sie versuchen dort auszubrechen? Sie war unzählige Male schon gesprungen und immer wieder durch den Tunnel gerauscht. Sie war den ganzen Planeten durchwandert. Doch, wie eine eigens erschaffene Welt, gab es hier keinen Ausweg, wiederholte sich nur immer wieder alles. Bäume, Klippen und Flüsse aus Lava.

Wieder übersprang sie diesen Fluss, landete auf der anderen Seite, um die Klippe zu erreichen und sich in die Lava zu stürzen.

Wieder der Strom. Nur ein paar Sekunden blieben ihr hier. Aber diesmal war es anders. Etwas war anders. Sie konnte es nicht begreifen, erkennen, was es war. Doch irgendetwas in ihr antwortete. Und das, obwohl sie noch nicht mal einen Körper besaß. Wieder nur Wesenheiten in allerlei Formen, dann ein schwarzer Fleck.

Ein Schatten. Durchfuhr es sie. Warum das eine Bedeutung hatte, konnte sie sich nicht erklären. Sie berührte den Schatten, wurde aufgesaugt und wieder ausgespuckt. Aber es war nicht die von der Hölle verschlungene Welt.

Es war nur Dunkelheit ... nur Schwärze. Ein riesiger Schatten, den sie zu erreichen schien. Plötzlich zog es sich zusammen. Konzentriert nur an einer Stelle. Eine Masse trat ein, rauschte hindurch und verließ diese Dunkelheit wieder. Zurück blieb ein grauer Fleck, der sich schon wieder verdunkelte. Sie zögerte nicht, beeilte sich, dorthin zu kommen und zielte auf genau den immer kleiner werdenden Fleck. Sie dachte, sie käme zu spät. Schon war es so klein, dass sie ihn fast nicht mehr sehen konnte und dann brach sie durch.

Helligkeit und Licht. Masse, die sie wieder nur zu erdrücken schien. Dann bemerkte sie, dass sich hier nichts bewegte. Nur Masse existierte, die kein Leben beherbergte, wie die Dunkelheit eben noch. Und viel mehr noch, besaß sie wieder einen Körper.

Ein guter Anfang. Den würde sie brauchen. Wofür, wusste sie noch nicht, doch es ging voran in eine unbekannte Richtung. Und diese unbekannte Richtung, führte sie in eine Welt, die sie noch nicht zuordnen konnte.

Ein Gang. Dunkelheit, die sich im grauen Schleier, wie ein Dunst erhellt, doch noch wahrnehmen ließ. Die Gestalt, das Wesen, dem sie den Ausweg aus den Schatten verdankte, war vorangeeilt. Wie Spuren, konnte sie ihren Weg verfolgen. Im grünlichen und roten Schimmer, zogen sich Schlieren auf dem Stein, den sie berührt hatte. Sie stand vor einem Regal, ergriff dort eine Truhe und nahm sie heraus. Eine feuerrote Aura umgab dieses Kästchen und erleuchtete auf eigentümliche Weise hier alles. Im Kern dieser Aura, verdunkelte es sich schwarz und bedrohlich. Ein Pulsieren, etwas Lebendiges und Gefährliches ging aus dem Innern der Truhe hervor. Sie sprang nach vorne, wollte dieses Wesen warnen und griff nach der Truhe. Im selben Moment, indem ihre Hände einfach durch das Metall hindurch glitten und die verkommene Essenz des Bösen selber zu berühren schien, schrie sie auf. Bilder von Verfall, Schmerzen und ewige Qualen, die nur in einer Sekunde auf sie einströmten. Eine Sekunde nur, in der sie das Gesicht dieser Kreatur erblicken konnte. Vampir, sagte etwas in ihr. Und noch viel mehr formte sich etwas wie Erinnerung. Mark. Es war bedeutend, gewichtig, aber dennoch erkannte sie den Grund nicht. Das Wesen, der Vampir, dieser Mark, schien sie nicht zu sehen. Vernahm den Aufschrei ihrer Lippen nicht, als wäre es ein Stummer gewesen. Sie konnte sich nicht vom Innern der Truhe lösen. Es hielt sie fest, griff von Innen heraus nach ihr und zog sie hinein.

Die Umgebung verschwamm, löste sich auf und sie befand sich wieder in Dunkelheit ohne jegliche Form.

Aber sie schien zu existieren. Sie konnte spüren, wie der Kern des Bösen, das Verkommene und der Leidbringer, sie zu umspülen schien. Wie ein Ruf, eine Verlockung, schien es zu säuseln, sie zu streicheln und an ihr zu ziehen. Sie wurde schwach, immer schwächer und konnte der Versuchung nicht widerstehen. Eine eiskalte Berührung in ihrem eigenen Kern, als umklammere sie des Todes Hände und sie schreckte zurück. Ein Schrei ohne Hall, ein Aufbäumen und sie wurde hinweggeschleudert. Ohne Tunnel, ohne Weg, direkt in einen dunklen Abgrund. Es flimmerte, es funkelte und sie tauchte wieder auf.

Dunkelheit lichtete sich und sie erblickte wieder rotglühende Lava, verkrustete Erde und den blutroten Himmel. Enttäuscht setzte sie sich auf, ahnte, dass sie wieder in ihrem Gefängnis angekommen war. Aber hier war es warm, fast heiß und diese Hitze der Umgebung, schien auch innerlich zu brennen. Sie vernahm gellende Schmerzensschreie, Rufe voller Leid und Trauer. Seelen, die um alles in der Welt bedauerten, eine Reue zum Ausdruck brachten, die tiefer nicht sein konnte.

Das war nicht ihr Gefängnis. Nicht der Ort, dem sie entkommen war. Sie blickte sich um und sah doch nichts. Nur Felsen, die sich in rotbrauner Tönung zum lodernden Himmel erhoben. Ein kleiner Pfad, der sie umwand und dem sie nun folgte. Es ging vorbei an Schluchten und Abgründen, die die wohlbekannte Lava führten. Sie folgte dem ewigen Chor an Jammern und Schreien und erreichte endlich eine Anhöhe. Was sie dort unten erblickte, ließ sie zu Eis gefrieren. Genau in dieser Hölle.

Hörner über einem Schädel, der keine Augen besaß. Ein geiferndes Maul aus dem die Flammen züngelten. Flügel hinter stachelbesetzten Schultern. Nicht ausgebreitete Schwingen, die diesem Dämon jeder Natur beraubten. Klauen, ohne Nägel, nur scharfe spitze Enden. Dieses ganze Wesen, umgeben von den Flammen, die aus dem eigenen Kern hervor sprangen. Ein Wesen, wie es nur in so einer Welt existieren konnte. Es war schrecklich, angsteinflößend und dennoch brachte es nicht so einen Schauer über sie, wie das Schauspiel, das diese Kreatur bewachte.

Ebenso nur Skelette, aneinander gekettet, im Chor der Schreie vereint. Sie standen zu Hunderten in den Flammen und verbrannten doch nicht. Angebundene Menschen, aus denen Krähen bei lebendigem Leib, ihr Fleisch herausrissen. Versengende Haut, die immer wieder nachwuchs. Menschen auf Tischen, in ihre Glieder zerlegt, lebend und schreiend. Leid, Schmerzen und unendliche Qualen, die alle auf sie einströmten. Sie konnte nicht atmen, nicht blinzeln und auch nicht einfach wegsehen. Das sollte niemand erdulden müssen. Aber es spielte sich genau dort unten ab. Sie musste wenigstens versuchen, ihnen zu helfen. Sie ging an den Abgrund, wollte springen, doch etwas hielt sie zurück. Sie fuhr herum, wich vor dieser Berührung zurück. Jede Empfindung war jetzt eine zu viel.

Ein Wesen stand dort. Ausgemergelt. Mehr Skelett, denn noch menschliches auf den Knochen. Doch die Augen, blauscheinend, versprühten eine sanfte Ruhe, die sie nicht schreien ließ.

„Tu es nicht. Sie würden Dich töten." Sagte dieses Wesen und sah sie fast bittend an. Es hatte keine Gesichtszüge, nur die Linien von Knochen, die die blaue, glatte Haut durchbrachen. Der Mund durch ein Tuch verdeckt, aber sie verstand ihn trotzdem.

„Ich kann nicht." Ihre Stimme zitterte, sie

musste würgen und die Tränen schossen ihr ohne Kontrolle in das Gesicht. „Das ist zu viel. Wir müssen ihnen helfen." Sie bebte am ganzen Körper, Schwäche überfiel sie und sie sank auf die Knie. Im Hintergrund noch immer diese nicht endenden Schreie.

„Komm." Er ergriff sie am Arm. Sie versuchte sich zu wehren, folgte dann aber dennoch. Er führte sie ein Stück weg, wo die Schreie langsam leiser wurden. Aber sie wusste, was sich nicht weit entfernt befand, was dort immer noch passierte und konnte es nicht einfach ignorieren. Aber es wurde leichter, nach Sekunden, Minuten und einer Ewigkeit, die vorbeizog. Sie gab nach. Weinte die Tränen um die Schmerzen heraus, die nicht die ihren waren. Ihr Körper bebte in jeder Sehne, die Adern schmerzten unter jedem neuen Herzschlag, der einem Loch der Sehnsucht entsprungen schien. Die Zeit verging, doch es wurde nicht leichter, nicht erträglicher, wie sie erst geglaubt hatte. Es hörte nicht auf. Mit jedem weiterem Atemzug, den sie nur japsend von sich gab, schwappte das Leid dieser Umgebung nur immer tiefer in sie.

„Komm, ich zeige Dir etwas, dass Dir helfen wird. Du solltest mit Sicherheit nicht hier sein, sonst würde es Dir nicht so sehr zusetzen." Er ergriff sie wieder am Arm, führte sie auf die Beine, die jeden Moment nachgeben wollten.

Er legte einen Arm um sie und stützte sie so. Langsam führte er sie auf einem Weg durch die kargen Höhlen. Sie nahm nur stellenweise die Umgebung wahr. Ihr Verstand, der auch so nie ganz da zu sein schien, schwebte irgendwo unerreichbar und wollte keine Form mehr annehmen. Plötzlich stoppte er. Er setzte sie auf einem Felsen ab und ging auf die Wand vor ihr zu.

„Man kann es hier durch sehen. Für die Anderen wäre es schädlich, aber für Dich, denke ich nicht. Du hast eine Seele, die nach dem Licht ruft." Hoffnungsvoll versuchte sie ihn anzublicken, zu lächeln bei seinen Worten, die wie ein Lichtstrahl in dieser Dunkelheit erschienen. Es musste fehlgeschlagen sein, denn er sah sie mit einem Mal erschrocken an und verfiel in hektisches Treiben. Die Erde bebte, die Wände erzitterten und es schien, als würde eine Kraft hier ihre rohe Gewalt zum Einsatz bringen. Und das tat sie auch. Er schlug gegen die Wand. Immer fester mit den bloßen Händen. Nur am Rande nahm sie wahr, dass sich die Wände mit einer Feuchtigkeit an Spritzern bedeckte. Und nur sehr langsam erkannte sie, dass es Blut war. Sein Blut, dass den Adern seiner Hände entsprang, die unerbittlich auf den Stein einschlugen. Er schauderte, zuckte bei jedem Aufprall, doch keine Pause. Mit Schweiß auf der Stirn, die von der Konzentration herrührte, fuhr er fort. Sie wollte ihn abhalten, ihn aufhalten. Doch selbst für so eine simple Tat fehlte ihr die Kraft. Die Wand wurde erschüttert, durchgeschüttelt und zeigte bald schon Risse. Dann lösten sich Brocken und die ersten Steine fielen auf den Boden.

Und es schien herein. Erst noch schwach. Doch umso dünner die Wand wurde, umso mehr sie an Masse verlor, umso stärker wurde es.

Ein Licht, Helligkeit, die die Wand und jeden Riss, wie die Adern eines Blattes durchströmte. Jetzt konnte sie nicht mehr sitzen bleiben. Sie kroch auf allen Vieren zu der Wand und folgte den Spuren im Stein. Wie flüssiges Licht, ein unbezahlbarer Schatz, glitzerte es. Die Gefühle, die jede Berührung hervorbrachte... unbeschreiblich. In ihr zehrte es und schrie danach. Wie ein Grashalm zur Sonne, streckte sich dem Ursprung hinter dieser Mauer alles zu. Sie musste es sehen, es spüren und erleben. Dann brach das erste Loch auf und ein ungefilterter Lichtschein erfasste sie. Ein bläulicher Schimmer, gepaart mit jeder Farbe des Regenbogens, glitzerte und knisterte. Der Stein zu ihren Füßen dampfte und färbte sich schwarz. Die Wände ringsum wurden wie gereinigt. Kein Rot, keine Glut, nur noch Stein. Sie selber wurde von dem Licht erfasst und musste lachen. Glück, Freude und Freiheit, alles auf einmal, strömte in sie. Und Liebe. Die reinste Liebe, die sie jemals erlebt hatte. Sie fing an zu tanzen, zu lachen und stimmte ein Lied an, dessen Text ihr wie von selbst einfiel. Sie wusste nicht die Bedeutung der Worte, aber spürte, dass es ein Loblied an den Höchsten war. Ein Dank an die Schönheit der Natur und seine ewige Liebe. Sie vergaß einfach alles um sich herum, bis sie an den Schultern gepackt und weggezogen wurde.

Aber das wollte sie nicht. Nie mehr wollte sie dieses Licht, diesen Ort verlassen. Sie wollte ganz eintauchen und für immer loslassen. Doch der Griff lockerte sich nicht. Sie trat um sich, schlug und kratzte. Doch keine Chance. Sie wurde weggebracht, in Gänge, Höhlen, die so dumpf und kalt wirkten. Sie fühlte den Nachklang in sich und umklammerte ihn mit allen Sinnen. Nie wollte sie ihn wieder verlieren, vergessen was sie gesehen hatte. Doch er verblasste immer weiter und ließ nur Erinnerungen zurück, die an Farbe verloren hatten.

Sie wurde freigelassen und wollte sofort wieder dorthin, aber der Weg war verstellt. Er, der ihr erst dieses Licht gebracht hatte, verweigerte es ihr nun. Und er schien fest entschlossen zu sein, sie nicht durch zulassen. „Warum?" Fragte sie ihn und konnte nicht verhindern, dass ihr

Tränen die Wangen herunterliefen.

„Es ist nicht gut für Dich. Glaub mir. Ich weiß, wie es sich anfühlt. Aber es ist nicht für uns gemacht." Fast gutmütig blickten seine leuchtenden Augen sie an.

„Nur ein bisschen noch. Es war doch nur ein Moment." Versuchte sie es weiter.

„Es gibt kein Kurz, in der wahren Ewigkeit. Eine Sekunde dort, ist gleichbedeutend mir einem Menschenleben. Du warst eine Woche Eurer Zeit im Licht und hast es nicht mal gemerkt. Das war schon zu viel, viel zu viel. Ich hätte es nicht zulassen dürfen, aber Du hast so sehr gelitten." Sagte er.

„Eine Woche? ... Was ist das?" Fragte sie.

„Nach was hat es sich denn angefühlt?" Fragte er zurück und sie konnte sehen, dass sich die Muskeln des ausgemergelten Körpers entspannten.

„Wie das Paradies. Das Licht unseres Gottes? Der Himmel?" Fing sie mit träumender Stimme an.

„Ja. Aber es war nur ein abgemildeter Schein des Ursprungs. Wärst Du wirklich im Himmel gelandet, hätte ich Dich nicht mehr zurück holen können."

„Ich hätte es auch nicht mehr gewollt." Rutschte es ihr heraus.

„Das glaube ich Dir nicht. Du hast noch ein Leben. Du bist nicht tot. Und ich frage mich, wie Du hier landen konntest."

„Was bedeutet das Leben gegen so etwas?" Sie konnte nur immerzu daran denken.

„Sag mir Deinen Namen," wechselte er das Thema und schaute ihr tief in die Augen. Er baute sich direkt vor ihr auf, packte sie an den Schultern und schüttelte sie. „Dein Name." Jetzt machte er ihr schon Angst und sie versuchte von ihm wegzukommen. Aber er ließ es nicht zu.

„Ich weiß es nicht. Ich weiß gar nichts." Hörte sie sich wie von selbst sagen.

„Du bist nicht gestorben. Du bist körperlos. Du hast ein Leben, nur wurdest Du von Deinem Verstand getrennt und bist hier gelandet. Lass uns etwas abmachen. ..." Er verstummte für ein paar Sekunden und sie schaute ihn schweigend an. Wenigstens hatte er sie wieder losgelassen. „Wir sehen uns Dein Leben an, geben Dir Deinen Körper zurück. Und wenn Du alle Erinnerungen besitzt, kannst Du entscheiden, ob Du wirklich bereit bist alles hinter Dir zu lassen. Bist Du es, so bringe ich Dich persönlich wieder dort hin. ... Wie klingt das?" Fuhr er fort.

Sie dachte einen Moment nach. Das war fair. „Einverstanden. Nur wie sollen wir meinen Körper finden, wenn es so ist, wie Du sagst?"

„Ich habe meine Möglichkeiten. Ich bin ein Seelenfänger. Ich führe Seelen an den Ort ihrer

Bestimmung. Und manchesmal, ganz selten, verliert eine Seele ihren Körper und findet sich hier wieder, wo sie noch gar nicht hingehört."

„Und was macht der Körper?"

„Meist liegt er in einem traumlosen Schlaf gefangen. Ohne Seele existiert auch der Geist nicht. ... Bist Du bereit?"

Sie blickte sich noch einmal um. Wer wusste, ob sie überhaupt wissen wollte, wer sie war und woher sie kam. Aber würde sie es nicht machen, so würde sie auch nicht wieder in dieses Licht können. Was hatte sie also zu verlieren? „Es kann los gehen. Und wie machen wir das jetzt?"

„Gib mir einfach Deine Hand. Dein Körper und Du, ihr seid fest miteinander verknüpft. Auch auf die Entfernung gibt es eine Verbindung. Der folgen wir jetzt."

Sie gab ihm die Hand und wurde wieder in einen Strudel gerissen. Sie fühlte, wie Gedanken auf sie einströmten, Bilder und Erinnerungen kamen. Sie konnte die Umgebung sehen und sich doch nicht bewegen. Wie in Eis war sie eingesperrt. Auf einmal ein Schmerz, ein Stich, direkt in ihrem Verstand und alles fügte sich zusammen. Mark. Sie hatte Mark gesehen. Mit diesem Kästchen. Und Arah, diese Schlange, die ihr das hier angetan hatte. Sie musste hier heraus.

„Und? Was willst Du? Den Himmel oder Dein

Leben?" Hörte sie die Stimme des Seelenfängers in ihrem Verstand.

Sie wünschte, die Wahl würde ihr schwer fallen. Sie sollte es, sollte es wirklich. All das, was sie gesehen hatte, gefühlt ... War doch nichts im Vergleich zu ihren Gefühlen, der Liebe zu Mark. „Du kennst die Antwort doch, oder nicht?"

Ein Lachen in ihrem Kopf. „Ja. Das tue ich. Aber Du musst es Dir selber auch eingestehen" „Das habe ich. Keine Sorge. Aber ich bin gefangen. Wie komme ich hier heraus?"

Wieder nur ein Lachen. „Du kommst in die Hölle, siehst in den Himmel, aber Du kannst nicht aus einem simplen Gefängnis aus Magie heraus? Wer hindert Dich denn wirklich, außer der bloße Gedanke? Du hast die Gaben. Nutze sie. ... Ich verlasse Dich jetzt. Lebe Dein Leben, kleine Seele. Vielleicht begegnen wir uns wieder? Auf jeden Fall sehe ich nun von Zeit zu Zeit nach Dir."

„Danke. ... Warte. Wie heißt Du?"

„Namen haben nur in eurem weltlichen Dasein eine Bedeutung. Ich selber hatte schon viele Namen. wie wäre es mit Tristan?"

„Der gefällt mir" antwortete sie.

„Dann bleiben wir dabei." Und damit verstummte die Stimme.

Sie war immer noch gefangen. Er hatte gesagt, sie müsse nur auf ihre Gaben zugreifen. Ihre

Gaben? Was blieb ihr denn? Genau. Die Schatten. Sie war von ihnen umgeben und doch war sie selber fern von ihnen. Sie selber? Ihr Geist, ihre Seele war durch sie hindurch gereist. Ohne Körper. Das hieß, die Schatten, diese Macht, war in ihr?

Nur ein Gedankenblitz, der sie sich konzentrieren ließ und wirklich, etwas antwortete in ihr. Aus ihr heraus bildete sich eine schwarze Masse, die den Kristall einfach auflöste. Nur ein paar Sekunden und sie konnte sich bewegen. Und dann, wie von selbst, löste sich der ganze Kristall auf und fiel scheppernd zu Boden, wo er in tausend Scherben zersprang.

Sie war frei. Der erste Griff ging an ihren Hals. Der Diamant, mit dem Arah sie verflucht hatte, hatte sich gelöst und war nur noch eine Kette. Sie riss sie sich vom Hals. Das Spiel war aus. Sie war durch die Hölle gegangen, hatte den Himmel gesehen. Als Nächstes würde sie Arah wiedersehen.

Aber, so wie es aussah, würde sie es nicht alleine machen. Nur ein kurzer Blick und sie erfasste die anderen Gefangenen. Von hier Draußen fiel es ihr leichter, auch ihre Gefängnisse zu zerstören. Jetzt musste sie nur noch Mark wiederfinden und mit Arah abrechnen.

Ihr Name? Den würde sie nie wieder vergessen.

Nie mehr durch einen Zauber manipuliert werden, denn sie erahnte langsam ihre eigene Macht. Sie war Lucy Sanders und es war an der Zeit, ihren Ehemann zu finden. Nichts und niemand würde sie davon abhalten.

Spinn 3

Valkyries

Die Zukunft können wir nicht voraussagen.
Die Vergangenheit kennen wir nur zu genau.
Und die Gegenwart erleben wir im unendlichen Jetzt.

Aber manche Vergangenheit wird
erst durch den Fluss der Zeit
zu einem breiten Strom,
der selbst die Zukunft verändern kann.

Der Blick in Vergessenes
kann unsichtbare Zukunft
in jedem Blickwinkel so sehr verändern,
dass man das Schicksal erkennen,
ja, sogar voraussehen kann.
Manchesmal sogar das Eigene.

Prolog

Er tauchte aus den Schatten wieder auf. Es war Nacht. Er hatte sich also nicht verschätzt. Das war gut, denn es wäre nicht sehr hilfreich gewesen, wenn er im Sonnenlicht direkt zu Staub zerfallen wäre. Aber das würde nicht passieren. Es wäre sehr schmerzhaft geworden, doch würde es ihn nicht sofort vernichten.

Er befand sich in einem Wald. Und das Erste was er auffing, war Leben. Es pulsierte um ihn herum im Dickicht, in den Ästen und selbst krabbelnd im Unterholz. Köstlich und doch würde es nicht reichen. Aber es bewies, dass er Recht gehabt hatte. Diese Welt war rein und voll der lebenden Wesen. Unberührt von seiner Art. Das hieß, es gab auch Menschen hier und vor allem ihr Blut.

Er fuhr sich mit der Zunge über die Lippen, merkte, wie seine Zähne herauswuchsen und die Gier erwachte. In seiner Welt, seinem Gefängnis und auch Reich, gab es so etwas schon lange nicht mehr. Lebendige Wesen ja, aber nichts Menschliches mehr. Das Blut der Vampire reichte, um den Hunger zu besänftigen. Aber menschliches Blut? Damit war es nicht zu vergleichen.

Er war als Erster hier aufgetaucht. Hatte diese Welt mit seinen Fähigkeiten betreten können und jetzt war sie sein. Die Menschen würden viel zu spät erkennen, was er war. Sofern sie dafür eine Chance bekamen.

Ein Geräusch. Noch weit entfernt. Beschlagene Hufen auf Stein. Sein erstes Opfer. So lange schon hatte er kein menschliches Blut mehr getrunken. Er ging in die Schatten und tauchte weit entfernt wieder auf. Jetzt sah er ihn schon. Ein Soldat in schillernder Rüstung. Fast im Halbschlaf schwankte er den Bewegungen des Pferdes folgend, hin und her.

Der Vampir zögerte keine Sekunde. Er flog förmlich neben das Pferd, riss den Menschen vom Sattel und schlug seine scharfen Zähne in dessen Hals. Es floss in ihn, füllte die toten Adern mit frischen warmen Leben. Wie Feuer brannte es und erweckte seine Sinne. Er sah die Bilder und Erinnerungen des Soldaten, nahm sein ganzes Leben in sich auf. Und dann war es schon zu Ende. Das Herz des Soldaten strauchelte und blieb letztendlich stehen. Die Leiche schaute ihn aus weit aufgerissenen Augen an.

Der Vampir blickte auf den Soldaten. Keine Reue, keine Scham und kein Mitleid überkam ihn. Ein Hochgefühl in ihm, das den Blutdurst nur weiter verstärkte. Er würde ihm nachgeben, ihn freilassen und in Blut baden. Hier konnte er es endlich. Viel zu lange hatte er sich zurückhalten müssen.

Er würde nicht alle töten. Einige sollte er

verwandeln, damit sie ihm den Rücken freihielten. Aber so oder so, war hier keiner eine Gefahr für ihn. Er sah die Lichter der Stadt auf die Entfernung und machte sich auf den Weg. Ohne Eile, ohne Hatz. Sein Mahl wartete auf ihn. Und es war ihm bedingungslos ausgeliefert.

Kapitel 1

Mein lieber Bruder,

wenn Dich meine Zeilen erreichen, werde ich vielleicht nicht mehr sein. Ich hoffe, dass es nicht so weit kommt. Aber wir beide wussten, dass der Tag auftauchen würde. Unser Vater hat es uns vorausgesagt. Uns immer daran erinnert, dass wir eine Aufgabe haben, die uns das Schicksal zeigen wird.

Wir haben es beide versucht. Ich weiß, dass Du zwei Töchter und eine wunderbare Frau hast. Es tut mir leid, dass ich sie nie kennenlernen durfte. Wir haben verschiedene Wege gewählt und doch sind wir von einem Blut.

Ich muss Dich um einen Gefallen bitten. Meine Tochter, Denise, ich musste sie wegschicken. Sie durfte nicht mehr hier sein. Denn was auch passieren mag, sie muss überleben. Wache bitte über sie. Es darf nicht mit uns enden. Sonst wäre unser Vater umsonst gestorben.

Tobias, mein Mann, wurde getötet. Er war bei der Stadtwache und gerade bei einem Rundritt durch den Wald, als es über ihn herfiel. Und seit dem breitet es sich aus. Diese Kreatur erschafft Neue seiner Art und hinterlässt nur Leichen auf seinem Weg. Kein Mitleid, kein Erbarmen und so, wie es aussieht, auch kein Ziel außer der Vernichtung selber. Woher diese Kreatur kommt, weiß ich nicht. Vielleicht fällt es Dir leichter etwas herauszufinden? Sie ernährt sich von Blut, ist schwach im Sonnenlicht und wird „Kain" genannt.

Vor einer Woche sandte ich Dir einen Brief in der Hoffnung, dass Du trotz der Kluft zwischen uns, erscheinen würdest. Ich hoffe noch immer. Wir werden uns der Kreatur uns seinen Dienern in den Weg stellen. Ich weiß nicht, ob ich es ohne Dich schaffe. Aber ich habe keine Wahl. Dieses Elend muss ein Ende finden. Wenn wir es nicht aufhalten können, wer dann? Du bist der Mächtigere von uns. Doch ich zapfe andere Quellen an. Du verurteilst das. Aber jetzt muss es einfach sein.

Wenn Dich diese Zeilen erreichen, bin ich oder diese Kreatur nicht mehr. Bitte mach Dir keine Vorwürfe. Wir können die Wege auf die man uns schickt, nicht lenken. Sollte dieser Kain überleben, so töte ihn. Aber nicht aus Rache. Lass Dich davon nicht vergiften. Du warst schon immer der Reinere von uns. Lass es Dir niemals nehmen.

Merlin, ich sage, lebe wohl. Ich werde tun, was ich kann. Bis zum letzten Funken meines Lebenslichtes kämpfen und nicht aufgeben. Denn ich weiß, Du würdest das Gleiche tun.

Ich liebe Dich, mein Bruder. Es schmerzt mich, Dir das vorher nicht wenigstens einmal gesagt zu haben. Ich hatte immer Achtung vor Dir und dem Weg, dem Du Dich verschrieben hast. Du hast mehr von unserer Mutter, während ich den Pfaden unseres Vaters folgen musste. Ich habe es Dir nie erzählt. Als unser Vater starb, gab er es an mich weiter. Dimar tauchte auch in mir und meinen Gedanken auf. Ich hatte keine Wahl. Komm bald, mein geliebter Bruder. Sollte ich es nicht

schaffen, so fege Du dieses Übel von der Erde. Schick
es zurück in die Hölle, aus der es kommt.
Deine Dich liebende Schwester, Synthia

Synthia legte den Füller auf die Seite, hauchte einen Kuss auf das Papier und faltete es zusammen. Sie legte es in das Pergament und drückte das vorgewärmte Siegel darauf, das sofort erhärtete und es vor unbefugtem Zugriff schützte. Sie erhob sich von ihrem Stuhl und ging hinüber zum Holztisch, der in der Mitte des Raumes stand. Darauf standen sie. Synthia hatte sie noch nie benutzt, aber heute würde sie es tun müssen. Sieben Fläschchen mit dem Blut der mächtigsten Dämonen, die ihr Vater getötet hatte. Es würde sie verwandeln und sie wusste nicht, was aus ihr werden würde. Auch deswegen musste Denise weggebracht werden. Sollte Synthia die Kontrolle verlieren, würde sie selber das Böse verkörpern. Sollte das passieren, durfte keiner mehr hier sein, den sie liebte.

Es klopfte an der Holztür und nach einigen Sekunden wurde sie geöffnet. Synthia drehte sich um und erkannte Thomas. *„Sie sind da, Herrin. Aus dem Nichts einfach aufgetaucht und sie scheinen auf etwas zu warten.“* Sein Blick fuhr aufgeregt durch den Raum, erfasste die Fläschchen auf dem Tisch und wandte sich sofort wieder ab. Geflissentlich tat er so, als habe er sie gar nicht gesehen.

„Sie warten auf ihn“, sagte Synthia.

„Kommt Merlin? Wird er uns helfen?“ Ein flehentlicher Unterton in seiner Stimme.

„Fürs Erste werden wir es so aushalten müssen.“

Thomas fiel auf die Knie. *„Wir werden sterben, nicht wahr? Warum kämpfen wir dann überhaupt und fliehen nicht, wie alle anderen. Wir haben doch keine Chance.“*

„Thomas.“ Kam es scharf von Synthia.

Er zuckte zusammen, schnellte wieder auf die Füße und stand stramm.

„Glaubst Du, ich würde Euch alle opfern, wenn wir keine Chance hätten?“

„Nein, natürlich nicht.“ Musste Thomas zugeben.

„Aber er ist kein Mensch. Habt ihr nicht auch diese Geschichten gehört? Er ist unbesiegbar.“

„Er atmet und er braucht Nahrung. Also lebt er. Und was lebt, kann auch getötet werden.“ Sie blickte ihn streng an und er schaute viel zu schnell auf den Boden. *„Sind alle bereit?“* Fragte Synthia nach ein paar Sekunden des Schweigens.

„Ja. Sie stehen am Hügel und warten auf Euch. Aber sie haben Angst und wollen lieber eine Flucht, als den Kampf.“

Synthia ging darauf nicht ein. *„Wie viele?“*

„Sie sind alle gekommen. Markus meinte wir hätten zweihundert Mann. Aber diese Wesen… Sie sind sicher zu 500 dort. Regungslos und starr stehen sie einfach dort.“

„Mach Dir da mal keine Sorgen. Die werden sich schon rühren. Schneller, als es uns lieb sein kann.... Geh zu Markus und sag ihm, sie sollen angreifen. Ich brauche einen beschäftigten Feind. Und nimm den Umschlag vom Tisch. Er ist an meinen Bruder. Sorg dafür, dass er ihn bekommt."

Thomas ging hinüber zum Tisch, nahm den Umschlag und wandte sich zum Eingang. Er verharrte dort kurz, verbeugte sich vor Synthia und sagte: „Lebt wohl."

Es hörte sich zu sehr nach einem endgültigen Abschied an.

„Wir werden uns wiedersehen. Auf die eine oder andere Weise. Leb wohl, Thomas." Auch sie verbeugte sich vor ihm. „Es ist keiner mehr in der Stadt, oder?"

„Nein. Sie sind alle weg. So wie ihr es wolltet." Antwortete Thomas.

„Das ist gut. Sehr gut. Und jetzt verschwinde auch Du." Thomas schloss die Tür hinter sich ohne ein weiteres Wort.

„Muss ich Dich rufen, oder erscheinst Du auch so?" Sprach Synthia die Worte nach Innen. „Ich bin immer da, das weißt Du." Antwortet Dimar. Die Stimme des Verführers, der Versuchung und der Macht. „Ja. Leider nur zu genau." Antwortete Synthia mit einem Seufzer.

„Was willst Du? Du hast mich noch nie gerufen."

„Ich brauche Dich und Deine Macht."

„Du weißt, was das kostet. Du kennst die Folgen. Du

warst immer stark. Warum jetzt auf einmal?"

"Es muss sein. Ich brauche Dich und ich habe den Preis. 200 menschliche Seelen. Und mehrere hundert Wesen, die Deiner Gier zur Verfügung stehen. Aber ich verlange auch etwas dafür."

"Das wundert mich nicht. Es hätten zwei Seelen gereicht. Wenn Du den Preis so hoch ansetzt, muss etwas dahinter stecken."

"Ich will, dass Du meine Familie in Ruhe lässt."

"Niemals. Wir gehören untrennbar zusammen. Und ohne diese Bindung hätte Deine Familie keine Magie. Irgendwer muss diese Bürde tragen."

"Ich vertreibe Dich auch nicht. Ich will nur, dass Du nicht mehr auftauchst. In keiner der Hexen, die unser Blut noch gebären wird."

"Das geschieht nicht. Aber in Anbetracht des Preises kann ich auch nicht widerstehen. Ich gebe Dir ein Jahr für jede Seele. Rechne selber hoch. Mehr ist nicht drin."

"Das kann ich akzeptieren. Genug Zeit, um einen Weg zu finden, Dich für immer zu verbannen."

"Das wird keiner schaffen. Ihr braucht mich genauso, wie ich Euch. Aber eine Frage habe ich", sagte Dimar.

"Du hast eine Frage? Seit wann interessiert Dich etwas Anderes außer Seelen?"

"Du urteilst zu leichtfertig. ... Warum hast Du mich nicht abgegeben? Du hättest mich an Deinen Bruder übertragen können und wärst frei gewesen."

Oft schon hatte Synthia darüber nachgedacht. Es wäre so viel einfacher und auch fairer gewesen. „*Er ist zu gut für diesen Teil unserer Macht. Es würde ihn zerstören, wenn er wüsste, woher wir unsere Kraft beziehen. Er glaubt an die Natur, die Magie von Engeln und Dämonen. Dabei haben auch wir unseren Pakt geschlossen. Wenn er wüsste, dass alles, was er bekämpft, auch in seinem Blut liegt, was soll er dann tun? Sich töten? Das würde er ohne Zögern machen. Deswegen durfte er es nie erfahren.*"

Dimar antwortete nicht darauf. Synthia nahm die Fläschchen vom Tisch und trank sie der Reihe nach. „*Gib es mir*", sagte sie.

„*Wie viel?*"

„*Ich brauche alles.*"

„*Nein. Das kannst Du nicht wollen. Das schaffst Du nicht. Selbst Dein Vater hat nur einen Bruchteil der Macht benutzt. Und er ist gefallen, so dass er sich töten musste. Du kannst das nicht kontrollieren.*"

„*Was bist Du jetzt? Mein Gewissen? Das steht Dir nicht. Es ist ein einfacher Handel. Also erfüll Deinen Teil.*"

„*Du willst gar nicht überleben, nicht wahr?*"

„*Ich werde darauf zugreifen, es freilassen und dieses Böse von der Erde fegen. Was danach passiert, liegt nicht in meiner Hand.*"

„*So sei es.*" Antwortete Dimar.

Synthias Augen färbten sich schwarz, ihr ganzer Körper wurde überschwemmt von Zuckungen und dann fiel sie regungslos auf den Steinfußboden.

<<>>

Totenstille, kein Blatt des Waldes ringsum bewegt sich, kein Ast knarrt und die Natur schweigt. Als wüsste sie, was gleich passiert. Der Himmel schwarz, wie der Schlund der Hölle, kein Blinken, kein Stern, der es wagt diesen Ort zu erhellen. Nur ein Kreis aus Licht, ein magischer abgedumpfter Schein, der sich über das Feld legt und von dem Flackern eines Lagerfeuers vertrieben wird. Die Ruhe vor dem Sturm. Doch nicht die Natur wird toben. Sie ist ebenso regungslos, wie die Untoten, die sich dort versammelt haben. Eine Armee, getrieben von dem einzigen Verlangen nach Blut und Leben. Sie werden metzeln, sie werden töten und nicht im Blut baden. Denn dafür brauchen sie es viel zu sehr.

Die Männer schauten angespannt auf ihren Anführer. Es war nicht zu übersehen, dass sie nicht hier sein wollten. Ein jeder war durchtrainiert, führte die Spuren von etlichen Kämpfen mit sich. Wahre Krieger, die vor nichts zurückschreckten. Und doch … Ihr Blick war abwesend, umherschweifend und eingeschüchtert. Nur eine Kopie ihrer Stärke, die ihnen das bevorstehende Grauen schon genommen hatte.

Markus erwachte aus der Starre, in der er seine Männer beobachtet hatte. Er durchschritt die Reihen seiner Kämpfer. Sie würden sterben. Sie alle. Das war ihm klar geworden, als Thomas mit der Nachricht von Synthia gekommen war. Was hatte sie nur vor? Markus wusste als einer der Wenigen von der wirklichen Herkunft ihrer Familie. Merlin würde nicht kommen. Also musste Synthia sie retten und diesen Kain töten. Er wusste nicht, wie sie das machen wollte, aber auch, dass er den Preis nicht kenn wollte. Was auch immer sie tat, sie musste sich beeilen. Er führte seine Krieger zur Schlachtbank und das war auch ihnen sehr genau bewusst.

Markus stieg auf einen Stein und überragte nun alle Krieger. Prächtig glitzernd standen sie im Vollmond. Auf die Entfernung sicher einschüchternd. Aber kam man näher, erblickte man ihre Züge, so wurde es sehr schnell als Trugbild entlarvt. Alle schauten ihn gespannt an und nicht weniger als die Hälfte hoffte auf den Befehl zum Rückzug. So war die Schlacht verloren, bevor sie überhaupt begonnen hatte.

Markus erhob das Wort: *"Ich habe Angst. … Genau wie ihr, weiß ich, dass die Hölle selber auf der anderen Seite des Feldes auf uns wartet."* Er wandte sich ab und zeigte über das weite Feld aus aufgebrochener Erde auf die andere Seite. Dort standen sie, in der Überzahl, regungslos wartend. Ein Schauer lief ihm den Rücken herunter. Nicht jetzt. Er durfte sich nichts anmerken lassen.

„Genau wie ihr, habe auch ich die Geschichten gehört.

Sie saugen Blut von uns Menschen, sie sind schneller und stärker. Und sie zögern niemals. Egal ob Frau oder Kind. Sie haben kein Erbarmen, kein Mitleid."

Er drehte sich wieder zu seinen Männern. *"Ich habe eine Frau und einen Sohn, der mir einmal folgen wird. Wie auch eure Familien, musste ich sie wegschicken, damit sie nicht getötet werden. Und alles, was zwischen ihnen und den Bestien da drüben steht, sind ... nur wir."* Er verstummte, ließ seinen Blick über die Menge wandern. Versuchte einen jeden durchdringend anzusehen. Keiner schaute weg. Sie wollten Hoffnung, einen Grund und es lag an ihm ihnen das zu geben. Wiederzuerwecken, was in ihnen verborgen war.

"Und ich sage euch eines: Die Bestien werden meine Familie nicht berühren. Ich werde sie bis zu meinem letzten Atemzug verteidigen. Und auch ihr werdet das. Denn ihr seid hier. Nicht geflohen, sondern bereit, sich dem Feind entgegenzustellen."

Ein leises Gemurmel erhob sich. Geraune, das sofort wieder verstummte, als Markus fortfuhr: *"Sie mögen schnell sein, stark und übernatürlich. Aber wir haben etwas, für dass es sich zu kämpfen und zu sterben lohnt."* Das Gemurmel wurde lauter.

Markus schrie hinaus, auf die andere Seite des Feldes: *"Ihr wollt Blut? Dann kommt und holt es euch."* Er zog sich den rechten Handschuh aus, führt das Schwert aus der Scheide und ließ es sich über die Handfläche gleiten. Er steckte das

Schwert wieder weg und zeigte seinen Männern die Hand. Der Schnitt hatte sich mit Blut gefüllt, das langsam tropfend im Gras landete. *„Das wollen sie. … Und das können sie haben. Aber meine Familie, meine Liebe und mein Leben werden sie mit ihrem untoten Dasein bezahlen. Denn wir sind mehr als das und das werden wir ihnen in das Fleisch ritzen. Sie werden fallen, zu hunderten, das verspreche ich euch.“* Die Menge wurde unruhig, die ersten fielen ein, zogen ihre Schwerter und schickten Flüche los.

„Glaubt ihr, dass eure Rüstung euch schützt?“ Keine Antwort, erwartungsvolles Schweigen. *„Gegen einen menschlichen Gegner ganz sicher. Aber hier behindert sie uns nur. Sie macht uns langsam und träge.“* Er zog wieder sein Schwert, fuhr sich über den Rücken und durchschnitt die Lederriemen. Polternd fiel es von ihm ab. Das Kettenhemd darunter, kam zum Vorschein und glitzerte wie tausend Diamanten im Schein des Lagerfeuers.

„Ich werde mich nicht verstecken. Es gibt keinen Schutz und keine Herberge, die sicher genug wäre. Sie sind dort und wir werden sie aufhalten. Sie wollen mein Blut, aber das werden sie sich teuer erkaufen müssen. Zurück in die Hölle mit ihnen. Wir fegen sie vom Angesicht der Erde und tränken das Erdreich mit ihrem übernatürlichen Blut. Wir laufen nicht weg, wir kämpfen. Und jetzt und hier, wird es sich entscheiden. Für mehr als nur unser Leben. Für unsere Liebe, die

Menschen und die Freiheit, die sie uns nehmen wollen."
Die Rüstungen der Soldaten fielen scheppernd zu Boden, die Rufe wurden lauter und die Stimmung lud sich auf. Keiner mehr zitterte vor Furcht. Das Adrenalin peitschte durch ihre Adern, spannte Muskeln und erweckte neue Kraft.

„Meine Brüder, denn das seid ihr. Ich sage, töten wir sie. Jedes vergossene Blut ist ein lohnender Schlag. Und sollte es heute enden, so will ich ein Blutbad, das mich ins Jenseits begleitet. Nicht weniger habt auch ihr verdient. Baden wir im Blut dieser Kreaturen und zeigen ihnen, wie wenig unsterblich sie wirklich sind. Man wird Geschichten erzählen, Balladen singen. Und nicht eine dieser Kreaturen wird sie vernehmen. Aber eure Familien schon. Es endet hier. Für sie. Und es wird sehr schmerzhaft werden. … Meine Brüder, keine Gnade, Grausamkeit bis zum Tod. Denn wir vergehen nie."

Sein Ruf widerholte sich, peitschte verstärkt von 200 Männern in die Nacht und über das Feld. Keine Soldaten mehr. Männer, starke Männer und Krieger, die nach dem Blut der Feinde gierten.

„Schicken wir ihnen einen Gruß." Schrie Markus und hob seinen Speer in die Luft. Weit über den Rücken gebeugt, schnellte sein Arm wieder nach vorne und schickte den Speer los. 200 Speere folgten. Surrten in die Höhe und starteten des Sturzflug in die Herde an Feinden.

Der Himmel über den Kreaturen verdunkelte sich, nur mühsam durchdrang der Mondschein das Dach, dessen Zweck kein Schutz sondern die reine Vernichtung war. Sie schlugen ein, bohrten sich in Oberkörper, Gliedmaßen, und schickten zu Boden. Schreie, Fauchen und Keuchen, war die einzige Antwort, zu der sie fähig waren.

„Lebendig und sehr, sehr sterblich, wie ihr seht, meine Brüder." Markus zog das Schwert aus der Scheide, die Männer taten es ihm gleich. Er hob es weit ausgestreckt über sein Haupt. *„Sie mögen schnell sein, aber drei sind schneller. Benutzt es, wenn ihr ihnen die Köpfe abschlagt."* Die Männer stampften auf den Boden, im gleichmäßigen Tritt vermischte es sich und ließ den Boden vibrieren. Ein Wort, wie im Chor wiederholt und verstärkt im Rhythmus, wurde immer lauter. *„Blut."* Der Rhythmus beschleunigte sich, verdrängte jedes andere Geräusch. Nur dieses Wort, immer schneller und schneller wiederholt, die Füße auf den Boden stampfend, stärker und stärker. Es zog sich durch das Erdreich über das ganze Feld. Selbst die Kreaturen auf der anderen Seite konnten es nicht mehr ignorieren. Die Ersten wichen zurück.

„Holen wir es uns." Schrie Markus und die Männer rannten los. Eine Woge an schreienden Kriegern fegte über das Erdreich. Nicht mehr

aufzuhalten. Eine Macht, eine Kraft, der sich nichts entgegenstellen wollte. Sie durchbrachen die Frontreihen der Kreaturen und verfielen sofort in Dreier Gruppen, wie vorher unermüdlich antrainiert. Der Erste griff an, die anderen Beiden umkreisten das Ziel und schlugen vom Rücken her zu. Die Kreaturen hatten mit solcher Gegenwehr nicht gerechnet. Das Erdreich füllte sich mit schwarzem Blut, Gliedmaßen und Körperteilen, die sich in hellglühender Asche auflösten. Diese Kreaturen waren schnell und stark. Aber es nützte ihnen nichts. Sie konnten es nicht einsetzen. Die Krieger beschützten sich gegenseitig, nicht einer stand alleine. Nicht einer war so einer Bestie ausgeliefert.

Die Kreaturen verfielen in Durcheinander. Sie rochen das Blut der Menschen, es hemmte ihre Sinne und die Blutgier der Neugeborenen erwachte. Doch so sehr sie es auch versuchten. Sie fanden kein Opfer und ihre Reihen lichteten sich. Im Mondlicht spielte sich eine Grausamkeit, ein Gemetzel ab, das nur durch diesen Schein abgemildert wurde. Wirbelnde Schwerter, übernatürliche Schreie und fallende Körper. Stunde um Stunde. Schon bald waren die Krieger in der Überzahl. Angetrieben von dem bevorstehenden Sieg, wurden sie noch schneller und erbarmungsloser.

<<>>

Kain beobachtete es auf die Entfernung. Es war schade um sie. Nicht um die Neugeborenen, sie waren nichts. Unkontrollierbar und so leicht zu verwirren. Sie hatten noch nicht gelernt mit ihren Kräften umzugehen. Aber um diese Krieger tat es ihm fast leid. Nein, er belog sich. Es tat ihm nicht leid. Sie erinnerten ihn nur an seine eigenen Soldaten, bevor er sie verwandelt hatte. Im Dienste des Guten, mit einem reinen Herzen, waren sie unfehlbar gewesen. Kain überlegte wirklich, diese 200 da am Leben zu lassen. Aber das durfte er nicht. Er musste die Gegenwehr im Keim ersticken.

200 Menschen, die 500 Vampire getötet hatten. Sie mussten sich vorkommen, wie Götter. Dabei war das nur die Auslese gewesen. Diese 500 waren der Rest, der niemals seine volle Macht erlangen würde. Die 200 taten ihm nur einen Gefallen, so musste er es nicht selber tun und konnte seinen Gegner einschätzen. Sie waren mutig. Bemerkenswert mutig. Aber das würde nicht reichen.

In den Wäldern, ringsum dieses Feldes warteten sie. Keine 500. 300 an der Zahl, aber von ihm selber ausgebildet und mit voller Macht ausgestattet. Sobald dieses Schauspiel da unten beendet war, würde er sie losschicken. Es würde nicht lange dauern. Wie er es zu Anfang gesehen hatte. Keine Gegenwehr, die etwas brachte. Ihm bedingungslos ausgeliefert.

<<>>

Flüssiges Feuer brannte in ihren Adern. Der Geist, ihr Verstand, durchschritt die verschiedensten Dimensionen. Er berührte, verschlang und nahm auf. Sie konnte unter den schlimmsten Schmerzen spüren, wie die Macht immer weiter wuchs. Unaufhaltsam und ungezügelt. Eine Stimme in ihrem Verstand: *„Ich bin kein Dämon. Nur der Mittler Eurer Macht.“* Nur mühsam konnte sie den Ursprung zuordnen. Der Name Dimar fiel ihr wieder ein. *„Und wie sehr ich euch helfe, so muss ich euch auch beschützen. Ich will diese 200 Seelen nicht. Und Du darfst sie nicht sterben lassen, sonst bist Du verloren. Dein Vater hat Dir nicht alles erzählt. Er hielt das Geheimnis versteckt, denn er selber missbrauchte sie und fiel. Der Pakt erfordert keine unschuldigen Seelen. Es ging immer um den Keim des Bösen, befleckte Seelen, die Deine Macht und diese Verbindung stärkten. Und jetzt erwache und reinige Deine Welt.“* Synthia schlug die Augen auf. Es war keine Zeit um darüber nachzudenken, was Dimar da gerade gesagt hatte. Aber so ganz wollte ihr Verstand auch noch nicht gehorchen. Es wirbelte in ihr umher. Erkenntnisse, Geheimnisse und Wahrheiten, die sie mit einem Mal wusste. Und diese Macht. Niemals hatte sie so etwas schon mal gespürt. Es war verlockend. Denn egal was, jetzt konnte sie alles tun. Sie wusste, dass sie sich verwandelt hatte.

Ihre Rüstung war verschwunden und sie war in einen schwarzen Umhang gehüllt. Die Kleidung darunter ebenfalls schwarz, fühlte sich an wie Stoff, doch es war jetzt ihre zweite Haut. Sie würde es niemals mehr ablegen können. Ihre Augen waren schwarz, ohne den Kern einer menschlichen Spur, die Haare fast golden und übernatürlich glänzend. Sie zog die Kapuze über den Kopf, so dass er ihre Augen verdeckte. Was sie jetzt war, wusste sie nicht genau. Hexenkrieger, Halbdämon oder auch Teufel. Sie hatte gesucht, aber nie eine Antwort darauf gefunden. Selbst die Aufzeichnungen ihres Vaters gaben keinen Aufschluss darüber. Aber so, wie sie es aus allem schließen konnte, hatte noch niemand diese Verwandlung ganz vollzogen. Aber darüber konnte sie sich auch später noch Gedanken machen. Es gab ein Übel, das beseitigt werden musste. Sie breitete die Arme aus, konzentrierte sich kurz und nur ein winziger Bruchteil ihrer Macht brach aus. Wie dünner Nebel breitete sich es im Raum aus und knisterte durchzogen von lilafarbenen Blitzen. Dann, eine Entladung, die Erde wurde erschüttert, die Hauswände, das Dach und die ganze Umgebung einfach weggefegt. Sie würde lernen müssen, das zu kontrollieren. Die Nachbarhäuser, die halbe Stadt, nur noch Trümmer. Gut, dass sie alle weggeschickt hatte.

Aus der Stadtmitte kam es auf sie zu. Majestätisch und überirdisch wirkte es und ganz sicher war es das auch. Schwarzes Fell, schwarze Mähne, nur die lila Augen ließen erkennen, dass es so gar nicht natürlich war. Es stoppte vor ihr und senkte den Kopf. Synthia zögerte nicht und stieg auf. Kein Sattel, keine Zügel, die brauchte sie nicht. Und dann ritt sie los. Schneller als jedes menschliche Auge es wahrnehmen konnte. Hoffentlich kam sie nicht zu spät.

<<>>

Kain hatte die Erschütterung gespürt. Sie schien nicht weit entfernt zu sein. Und eigentlich auch kein Grund zur Sorge. In dieser Welt gab es nichts, dass sich ihm entgegenstellen konnte. Die 200 Krieger der Menschen lagen in ihrem eigenen Blut. Keiner hatte überlebt, so wie er es erwartet hatte. Es war schnell gegangen. Bevor sie sich über ihren Triumph freuen konnten, hatte er sie losgeschickt. Beritten waren sie aus den Wäldern gekommen und in nur einem Angriff über die Menschen gefegt. Ein Angriff, der gereicht hatte. All ihre Taktik, ihr Mut und Kampfeswille hatte ihnen nichts gebracht. Fast war er enttäuscht. Er hatte sich mehr von ihnen erhofft.

Sein Heerführer brachte ihm sein Pferd. Es scheute nicht mehr, hatte sich an die Kreatur gewöhnt, die es benutzte. Seine Macht war da sehr von Vorteil. Keines dieser 300 Pferde, die in Reih und Glied die untoten Krieger beförderte, würde es freiwillig tun. Ihre Natur würde sich dagegen wehren. Gut, dass er entschied was sie tun sollten. Die Krieger ritten los. Vielleicht würde die nächste Stadt mehr zu bieten haben? Er hatte von einem König gehört. Einem Licht der Menschen. Hoffentlich fand er in ihm einen besseren Gegner. Aber auch nur ein Mensch, wie sollte er es jemals sein können? Es würde eine Freude werden, ihm die Krone zu entreißen und den Menschen zu zeigen, wie viel Hoffnung sie noch haben durften. Gerade als er auch sein Pferd in Bewegung setzen wollte, tauchte sie aus dem Wald auf.

Eine Gestalt in schwarzem Umhang, das Gesicht verdeckt. Aber er konnte am Pferd erkennen, dass da andere Mächte im Spiel waren. Und er spürte sie auf nicht erklärliche Weise. Seine Krieger stoppten sofort und fuhren herum. Kain schickte die erste Reihe los. 30 Krieger, die über die Leichen der Menschen fegten. Was auch immer sie war. Es durfte keine Überlebenden geben.

Die Gestalt blieb ruhig auf ihrem Pferd sitzen. Sie ritt den Angreifern nicht entgegen, aber floh auch nicht. Die Ersten waren heran und Kain sah, wie sie vom Rücken des Pferdes aus in die Luft sprang. In einer Drehung zog sie zwei glänzende Klingen hervor und landete in Mitten der Krieger. Was dann geschah, konnte selbst Kain nur schemenhaft erkennen. Die Gestalt bewegte sich so schnell, als würde sie sich phasenweise auflösen. Er sah blitzende Lichter, wenn die Schwerter nur für den Bruchteil einer Sekunde Licht reflektierten. Hörte das Sirren, als wenn die Luft selber durchschnitten werden würde. Sie schien überall gleichzeitig zu sein. Umtanzte seiner Krieger von jeder Seite her und sprang vom Rücken der Pferde zum nächsten. Seine Krieger nahmen sie nicht so wahr, wie er. Sie konnten sie nicht sehen. Geschweige denn, schnell genug reagieren. Keine Abwehr, kein Angriff, zielgerichtet ausgeführt. Was in viel zu kurzer Zeit passierte, wunderte Kain dann auch nicht mehr. Sie trennte seinen Kriegern die Köpfe ab, ließ ihre Schwerter durch die Rüstung die Herzen aufspießen und reihum fielen sie von den Pferden. Lösten sich auf in der wohlbekannten Glut. Kain sah den Ablauf, sah die verstrichene Zeit, aber nur dank seiner übernatürlichen Fähigkeiten. Den Kriegern, ebenso nicht menschlich, musste es dennoch wie ein einziger Angriff vorgekommen sein. Das war interessant. Diese Gestalt war schnell. Nicht schneller als er, aber sie konnte ihm ein Gegner sein. Kein Mensch, aber ganz sicher auch kein Vampir. Selbst wenn sie 30 seiner Krieger mit Leichtigkeit töten konnte, so würde sie bei den Anderen scheitern. Dafür waren es zu viele. Und ganz am Ende, war da ja auch noch er. Mit seiner Macht würde sie es nicht aufnehmen können. Die Pferde seiner vernichteten Krieger galoppierten in den Wald, losgelassen von der Kette, an die die Knechtschaft sie gehalten hatte. Die Gestalt ließ die Schwerter wieder unter dem Umhang verschwinden und stieg auf ihr Pferd.

Im Schritttempo kam sie herüber. Ganz langsam, als störe sie die Gefahr nicht, in der sie sich befand. Kain sprang vom Pferd und ging auf sie zu. Er blieb direkt vor ihr stehen und musterte sie. Er konnte nicht spüren, was sie war. Aber er machte den Schlag des Herzens aus, hörte ihren Atem. Also doch menschlich. Er versuchte in ihre Augen zu blicken, doch es gelang ihm nicht. Kein Licht drang unter diese Kapuze. Nur rote sanfte Lippen, zu einem Lächeln geformt. Es war eine Frau.

„Du wirst sterben. In dieser Welt." Sagte sie.

„Wer bist Du?" Fragte Kain. Diese Stimme löste etwas in ihm aus. Sie war sanft, melodisch. Doch sie hatte einen Nachhall, den er in sich spüren konnte. Dunkel und sehr bedrohlich. Niemand hatte so etwas jemals in ihm ausgelöst. Das war unmöglich. Es war eisig in ihm, er spürte Angst, wie sie in seinem Innern

wühlte. Wer war das? Der Tod? Der Teufel? Kain ging ein paar Schritte rückwärts.

„Jede Welt hat ihre Verteidiger. Aber für Dich bin ich ein Henker. Findest Du nicht, Du hast es verdient?" Sie lächelte immer noch.

„Du hast keine Chance. 300 Soldaten, weniger den Paar die Du getötet hast. Sie werden Dich zermalmen." Spie Kain die Worte hinaus. Seine Augen glommen auf, verstärkt in rotem Glanz, die Eckzähne wuchsen heraus und seine Miene erstarrte.

Die Frau ritt in die Mitte des Feldes zurück. Dann stoppte sie und sprang vom Pferd. Ihr Pferd trabte zum Waldrand und verschwand zwischen den Bäumen. Die Gestalt beugte sich herunter auf die Knie und hob die Arme zum Himmel. Kain konnte spüren, dass sich etwas zusammenzog. Aber noch immer konnte er es nicht einordnen. Dann auf einmal, erhob sich ein Wind. Ein Sturm raste durch die Baumwipfel, Blitze feuerten vom Himmel und zielten nur auf einen Ort. Diese Frau. Sie erhob sich in die Luft uns senkte die Arme wieder. Ein Impuls ging aus ihr hervor, donnerte auf die Erde, so dass selbst Kain und seine Krieger durchgeschüttelt wurden. Der Wind, der Sturm, es verschwand alles wieder. Genauso plötzlich, wie es aufgetaucht war. Die Nacht war ruhig, totenstill, so wie vorher schon. Was hatte diese Frau getan? Und dann entdeckte er es und er wusste, dass er nicht ohne Grund Angst gefühlt hatte. Was auch immer sie war. Sie war verdammt mächtig.

Entladungen auf dem Erdreich, eine lilafarbene Masse, die sich darüber zog und nun eintauchte. Die Erde vibrierte erneut, nur diesmal aus dem Innern. Und dann kroch es nach oben. Es durchwühlte das Erdreich von unten und gebar etwas in die Nacht. Kain entdeckte Schilde, Schwerter und Krieger. Wie aus dem Nichts, hatte diese Frau, die getöteten Krieger wieder neu erschaffen. Die 200, die sie eben noch niedergemetzelt hatten, standen dort erneut. Ruhig und gelassen, bereit für den Kampf. Aber Kain machte sich nichts vor. Das waren keine Menschen mehr. Ebenso lebendig aber mit einem Kern von etwas Anderen in sich. Ihre Augen waren schwarz gefärbt, sie selber regungslos und ohne Empfindung. An ihnen spürte Kain nicht den geringsten Herzschlag.

Kain sandte den Befehl los und seine Reiter reagierten. Er wusste, was passieren würde und er sollte Recht behalten. Seine Reiter trafen auf diese Krieger, die sich viel schneller bewegten. Genau wie die Frau vorher, waren ihre Bewegungen nicht zu sehen. Nur als Schemen, als Schatten selbst, sah er sie. Seine Krieger hatten nicht seine Macht. Waren mächtig, aber noch neu erschaffen. Sie hatten keine Chance.

Wie seine Reiter ihre menschlichen Abbilder niedergemetzelt hatten, noch schneller taten die es mit ihnen.

Er musste hier weg. Er wusste nicht, ob er ihnen gewachsen war. Aber noch wollte er es auch nicht herausfinden. Er schnellte herum und da stand sie vor ihm. Sie lächelte noch immer und das gefiel Kain absolut nicht. *„Du wolltest doch nicht etwas flüchten?"* Ein spöttischer Zug um ihre Lippen als sie die Kapuze herunterzog. Blonde, gelockte Haare und Augen, in denen nichts menschliches mehr war. *„Was bist Du?"* Fragte Kain sie.

„Spielt das eine Rolle? Ich werde Dich töten und Deine verdorbene Seele an die Dämonen verfüttern. Du kannst mir glauben, sie gieren bereits danach." Nach diesen Worten zog sie wieder die Schwerter unter dem Umhang hervor. Zwei Kurzschwerter, am Griff schwarz lackiert und mit grünen Diamanten versehen. Kain zog auch sein Schwert aus der Scheide und mit Freude erkannte er, dass sie es sehr genau musterte. Die Elemente, die daran gebunden waren umspülten es. Feuer, Wasser, Luft und Erde, wechselten sich ab und zogen im Lichtspiel über die gewundene Klinge. Aber nur Kain selber wusste, was sich im Innern befand. Der Seelenfänger mit unbändigem Hunger. Sie wollte seine Seele verfüttern, er konnte das auch mit Ihrer tun.

Wie Raubtiere umrundeten sich die beiden Gestalten. Ein Ritter in schwarzer Rüstung, eine in Elfenbein geschnitzte Maske, weißes langes Haar, nur mit einer goldenen Brosche zusammengehalten. Und die Frau mit dem goldenen Haar, nur in einen Umhang gehüllt aber ebenso von den natürlichen Gesetzen befreit. Sie umkreisten sich, die Muskeln beider angespannt, lauernd auf den ersten Fehler des Gegners. Hinter ihnen tobte noch immer der Kampf. Dämonen gegen Dämonen. Doch die bleichen Krieger, so weiß wie die Scheibe am Himmel, fielen und fielen. Verwundeten und töteten sie einen der Gegner, so stand er wieder auf, erhob sich aufs Neue aus seinem Grab. Das Klirren der Schwerter, das Scheppern der Rüstungen und die sirrenden Schnitte in der Luft, mehr wagte es nicht, die Stimme zu erheben. Kain und Synthia waren stehengeblieben. Beide regungslos auf den Gegner starrend.

Die Zeit selber dehnt und streckt sich. Eine Sekunde nimmt die Dauer von Minuten an. Doch es ist keine fremde Macht, die dies bewirkt. Nur die Schnelligkeit der zwei Größen, die aufeinandertreffen und sich jeder Zeitmessung entziehen. Kein Mensch hätte sie beobachten können, nur Schlieren und Schatten gesehen, Funken, als die Schwerter aufeinandertrafen. Das Feld ringsum wird zeitlos, der Kampf der Ritter nicht mehr zu hören. Nicht gestoppt, aber im Zeitrahmen des Duells verlangsamt. Ein Lichtblitz, der durch die Luft schneidet und auf zwei Schwerter trifft. Funken sprühen und sirrend antworten auch sie, doch sie treffen nur ins Leere. Kain springt über Synthia und schlägt noch in der Luft zu. Die Schneide formt sich ihren Weg durch die Luft, berührt fast ihren Hals, doch dann ist sie weg. Kain landet, fährt herum und hebt sein Schwert nicht eine Sekunde zu früh, denn die Angriffe prasseln auf ihn nieder. Immer schneller und schneller. Er wehrt sie ab und holt aus. Seine Schneide gleitet nur knapp über dem Boden, die Schwerter des Gegners über seinem Haupt als er herabsinkt. Sie springt rückwärts, dreht sich in der Luft und greift von der Seite an. Kain windet sich auf dem Boden, direkt neben ihm, wirbelt es die Erde auf. Er rettet sich in den Schatten des nächsten Baumes, als eines der Schwerter ihm folgt und seinen Haar Zopf streift. Die Brosche fällt zu Boden, doch er selber springt aus den Schatten auf der anderen Seite wieder hinaus und führt sein Schwert mit aller Kraft gegen ihren Rücken. Sie lässt sich fallen und es schnellt nur haarscharf an ihr vorbei und landet im Erdreich. Zornentbrannt zieht Kain es heraus, reißt Steine in die Höhe. Bevor diese auch nur wieder landen können, treffen ihre Schwerter erneut aufeinander. Immer schneller und schneller. Keiner von ihnen wird müde und keiner verliert an Kraft. Der Kampf selber stärkt sie noch und treibt sie an. Und dann lassen sie voneinander ab. Beide halten kampfbereit die Schwerter in Händen und mustern sich sehr genau. Sie sind gleich schnell und gleich stark. Keiner wird wanken und keiner aufgeben.

Das war unmöglich. Aber sie war genauso schnell wie er. Ebenso trainiert im Umgang mit dem Schwert wie er selber. So konnte er sie nicht töten. Er musste sich etwas anderes einfallen lassen.

Synthia steckte die Schwerter wieder weg. *„Nicht schlecht. Aber das rettet Dich auch nicht."* Sagte sie und streckte die Arme vor, als wolle sie ihn auf diese Entfernung schlagen. Es zog durch sie hindurch und traf auf Kain. Er wurde mit voller Wucht von einer Macht getroffen, die er zwar spüren aber nicht sehen konnte. Er flog nach Hinten, landete im Erdreich und das Schwert schlitterte aus seinen Händen. Ungläubig sah er sie an. *„Du bist seit 800 Jahren das erste Wesen, das mich zu Fall bringt. Ich erkenne das an. Und doch werde ich Dich töten. Aber nicht jetzt."* Kain drehte sich auf dem Boden, griff sein Schwert und sprang in den Schatten des nächsten Baumes. Nicht eine Sekunde zu früh, denn es traf wieder auf den

Flecken Erde, wo er eben noch gelegen hatte. Das Erdreich riss auf, die Bäume zur Seite zersplitterten. Doch er war verschwunden.

„Kain. Du entkommst mir nicht." Schrie Synthia. *„Ich verfluche Dich. Wo auch immer Du oder Deine Blutlinie unsere Welt berühren, sollen sie Dich ankündigen. Für Deine Jäger und die Menschen sichtbar machen. Nie mehr wirst Du Dich verstecken können. Sie zeigen mir, wo Du bist. Auf ewig."*

Es erhob sich aus den Wäldern ringsum. Ein Toben, Flügelschlagen von tausenden schwarzen Vögeln, die wild krächzend sogar den Nachthimmel noch weiter verdunkelten. Man sah sie hinweg ziehen und in weiter Ferne immer kleiner werden als schwarze Masse.

„Vor mir kannst Du flüchten, vor Ihnen jedoch nicht. Denn sie sind überall."

Kapitel II

Kain tauchte wieder auf. Er schob das Schwert zurück in die Scheide und blickte sich um. Ringsum nur Bäume. Vereinzelt nur die Jäger der Natur, die sich des Nachts heraustrauten, aber sonst nichts. Kein Mensch und auch keine Gefahr.

Gefahr. Das war das erste Mal seit seiner Verwandlung, dass er so etwas mit einbeziehen musste. Ihm war noch nie jemand begegnet, der es mit ihm aufnehmen konnte. Ihm auch nur ansatzweise gewachsen war. Und jetzt? Er musste sogar fliehen, da er sonst gestorben wäre. Das war nicht sehr wahrscheinlich aber durchaus möglich. So nah war er dem noch nie gewesen. Er hatte nicht alle Quellen seiner Macht angezapft. Aber wenn sie ihm auch so ebenbürtig war und den Schatten widerstanden hätte, dann wäre er sicher gestorben. Aber was sollte er tun? Wieder zurück in sein eigenes Reich? Dafür war er nicht hierhergekommen. Er gab nie auf. Und vor allem flüchtete er nie. Er war Kain. Der Erste seiner Rasse. Es musste eine Möglichkeit geben, diese Frau zu besiegen. Die Frage war nur, ob es diese Welt wert war. Sicher, unendlich viele Menschen und vor allem Blut, das er so dringend brauchte. Aber dafür solch ein Risiko eingehen?

„Der große Kain. Zermartert und zermürbt von

Gedanken und Zweifeln. Ich hätte mehr von Dir erwartet. Aber ich kann mich auch irren. Bist Du doch nur ein blutgieriges Scheusal ohne Stärke, ohne wahre Größe?"

Kain fuhr herum. Eine Frau stand dort. Er hatte sie nicht gespürt. Das war seltsam. Aber jetzt fühlte er ihre Menschlichkeit und die Gier erwachte. Kein guter Zeitpunkt, um ihn zu reizen. *„Und wer wagt es, mich zu beleidigen? Sprich. Denn es werden Deine letzten Worte sein."*

„Das bezweifle ich so sehr." Antwortete die Frau gelassen. Eisgraue Augen, fast farblos und eine lange schwarze Mähne. Rote, sinnliche Lippen, die sich zu einem aufreizenden Lächeln verzogen hatten. Für heute hatte er wahrlich genug von lächelnden Frauen. Er rauschte zu ihr, ließ ihr keinen Moment um zu reagieren und grub seine Fangzähne in ihren Hals. Die Frau stöhnte auf, entspannte sich in seinen Armen und gab sich ihm hin. Er saugte ihr Leben aus ihr heraus und konnte schon nach dem ersten Tropfen dieses Saftes nicht aufhören. Ihr Herz versagte und sie tat ihren letzten Atemzug. Regungslos glitt sie auf die Erde, als er sie freigab. Er hatte keine Bilder gesehen. Das war nicht normal. Durch das Blut seiner Opfer konnte er ihr Leben sehen, ihre Erinnerungen und die Gefühle aufnehmen. Doch hier war nichts davon. Und auch das Blut berauschte ihn nicht. Er hatte es getrunken,

seinen Durst gestillt. Aber es stärkte ihn nicht. Das war wirklich seltsam. Er beugte sich herunter zu dieser Frau, die sanft gebettet auf dem Moos lag. Sie war ein Mensch gewesen. Das stand fest. Ein sehr schöner Mensch. Erst jetzt fiel ihm das auf. Ihr Gesicht, die Lippen, alles hatte selbst in ihrem Tod nicht an Leben verloren. Sie wirkte immer noch so lebendig. Er lauschte in sie. Aber kein Herzschlag. Er ermahnte sich. Was war nur los? Erst floh er und dann kniete er bei einer Leiche und bewunderte sie. Er richtete sich wieder auf und wandte sich ab. Er hatte wirklich wichtigeres, worüber er sich Gedanken machen musste. Er ging ein Stück, als er überrascht wieder herumfuhr.

„Ich habe doch gesagt: Das bezweifle ich." Die Frau saß wieder dort. Lebendig. Was zur Hölle ging in dieser Welt vor?

„Du warst tot. Warum lebst Du wieder?" Kain hatte wie nebenbei seine rechte Hand auf den Schwertgriff sinken lassen.

„Ich bin keine Gefahr. Ich will Dir nur helfen. … Und auch damit wirst Du mich nicht töten können." Sie zeigte auf sein Schwert.

„Ich brauche keine Hilfe. Und von einem Menschen schon gar nicht." Es funkelte wieder bedrohlich in seinen Augen.

„Doch, die brauchst Du, wenn Du in dieser Welt bleiben und siegen willst. Ich mag ein Mensch sein, aber

sterblich bin ich noch lange nicht.“

„Was kannst Du schon tun?“

Die Frau stand vom Boden auf und ging auf Kain zu. Ganz langsam näherte sie sich ihm. Säuselnd und verlockend sprach sie mit ihm. *„Du könntest so viel mehr sein. Ein König, ein Kaiser, wenn Du es willst. Heerscharen, eine ganze Welt, die sich Dir zu Füßen legt. Ich habe Dich kommen spüren, als Du nur einen Schritt in diese Welt tatest. Denn wir teilen unser Schicksal. Auch ich bin verflucht. Doch ich habe nicht Deine Macht.“* Sie ging um ihn herum, fuhr ihm mit der Hand über den Rücken zum Hals. Als sie wieder vor ihm stand, berührte sie seine Lippen und folgte den feinen Linien mit den Fingern. *„Du bist mächtig, stark und groß. Du solltest nicht knien, niemals fliehen und Deine Feinde zermalmen.“* Kain war wie hypnotisiert von diesen Augen. Ihre Worte streichelten und umspielten ihn. Sie berührten etwas, das er nicht kannte. Es machte ihn schwach, fast willenlos. Und doch wusste er, was er begehrte, was er wollte. Nicht ihr Blut, sondern sie. Er beugte sich zu ihr und sie empfing ihn mit leicht geöffneten Lippen. Er küsste sie und fühlte ein Feuer erwachen, wie zuletzt vor Jahrhunderten, als er noch ein Mensch gewesen war. Sie löste sich von ihm und ging ein paar Schritte weg. Enttäuscht über diese Zurückweisung wollte er aufbrausen. Aber er konnte nicht. Er konnte dieser Frau nicht böse sein. Er begehrte sie viel zu sehr. Sie zeigte zum Baum neben ihm. Er blickte dorthin und sah eine schwarze Krähe, die sich nun zum Himmel erhob.

„Wir haben keine Zeit mehr. Du wurdest entdeckt. Geh zurück in Dein Reich und versammle Deine Krieger. Dann komm wieder hierher. Ich werde es wissen, wenn Du wieder hier bist und Dich finden. Ich besorge Dir Unterstützung und dann vernichten wir Deine Feinde. Aber nun, geh.“

Und Kain wollte sofort in die Schatten springen, als er noch einmal zögerte. *„Wer bist Du? Wie darf ich Dich nennen?“*

„Lilith. Und wer ich bin? Ich bin Dein. Reicht das denn nicht?“ Sie stand wieder ganz nah vor ihm und küsste ihn. *„Ich sehe eine große Zukunft für uns beide. Aber nun geh, bevor sie kommen.“* Kain verschwand im Schatten.

Lilith lachte. Sie hatte gedacht, dass es schwieriger werden würde. Aber er war eben auch nur ein Mann. Untot und übernatürlich, aber an den richtigen Punkten berührt, ebenso einfach zu lenken. Das Spiel konnte beginnen. Jetzt brauchte sie nur noch die Krieger von Samuel. Aber auch er war ihr verfallen. Er würde ihr alles geben, was sie wollte. Und seit sie ihm ein Kind geboren hatte, vertraute er ihr sogar sein Leben an. Aber das wollte sie nicht. Kain konnte ihn töten, wenn es so weit war.

<<>>

Der Kampfeslärm ebbte ab. Das letzte zischende Aufleuchten der Glut, die mal ein Untoter gewesen war und dann war es vorbei. Sein Heer war vernichtet. Aber er war geflohen. So hatte Synthia sich das nicht vorgestellt. Sie blickte zu den Männern, die jetzt auf die Knie gefallen waren. An der Spitze Markus. Sie ging auf ihn zu, bedeutet ihm aufzustehen. Er tat es, vermied es aber, ihrem Blick zu begegnen. Die Männer taten es ihm gleich, hielten ebenso den Kopf gesenkt. Sie hatten Angst. Vor ihr. Nein, das mussten sie wirklich nicht.

„Fürchtet euch doch nicht. Nicht vor mir und auch vor sonst niemandem mehr. Es gibt nicht mehr viel, dass euch etwas anhaben kann. Erhebt euch."

Sie standen auf, aber immer noch in Reih und Glied, ohne Regung. *„Was hast Du mit uns gemacht? Was sind wir?"* Sehr zaghaft, kaum hörbar kamen die Worte von Markus.

„Ich habe euch zurückgebracht und stärker gemacht. Viel stärker. Gemeinsam werden wir diese Welt reinigen. Jetzt von Kain und was er uns auch immer entgegen schicken möge. In Zukunft von allem Bösen, das auch nur einen Schritt in diese Welt tut. Ihr seid Ritter des Guten, im Bösen geboren. Aber nicht verdammt, keine Angst. Nur werdet ihr von jetzt an, ewig leben."

Die Mienen entspannten sich etwas. Und doch waren sie alle noch so steif und förmlich.

„Und was jetzt?" Fragte Markus sie.

„*Wir werden warten. Auf seinen ersten Schritt. Wir werden ihn jagen und stellen.*"

„*Werden wir wieder normal leben können?*" Nach einer kurzen Pause fügte er hinzu: „*Als Menschen?*"

„*Wenn wir ihn gestellt haben, bekommt ihr eure Menschlichkeit zurück. Ihr werdet normal leben können. Aber ihr werdet nicht mehr sterben. Und rufe ich euch, werdet ihr euch wieder zum Heer formieren. Es ist ein Fluch, mit dem ihr jetzt belegt seid. Es tut mir leid, aber es ging nicht anders.*"

Markus fiel wieder auf die Knie. „*Wir wissen sehr wohl, was ihr für uns getan habt. Ohne Euch wären wir tot. Und die, die wir lieben, würden wir nie wieder sehen.*"

Ein Stich in ihrem Herzen. Ihre Tochter. Aber sie konnte jetzt nicht zu ihr. Das wäre zu gefährlich. Aber diese Männer? Sie hatten ihr Leben gegeben. Waren ohne Zögern in den Tod gegangen. Und sie hatte sie verflucht. Sie hatten es sich verdient, eine Pause zu bekommen. Zu erleben, wofür sie kämpften. Fand sie Kain, so würde sie auch alleine mit ihm fertig werden. Aber er würde nicht alleine kommen, das stand fest. Wer wusste schon, was er sich einfallen ließ? Sie fuhr mit dem rechten Arm durch die Luft und spürte, wie sich die Macht ausbreitete. Die Männer veränderten sich. Ihre Augen nahmen wieder die menschliche Farbe an, die Rüstungen und

Waffen verschwanden. Sie standen jetzt in normaler Tuchkleidung vor ihr. Niemand würde sie für ein Heer von untoten halten. Eher für eine Versammlung von Bauern. Die Männer blickten an sich herunter, befühlten und bestaunten sich gegenseitig.

„Geht. Reitet zu euren Familien und genießt die Zeit. Wenn ich euch rufe, werdet ihr euch verwandeln und nichts dagegen tun können. Was dann wird oder wie lange es dauern wird, weiß ich nicht. Nutzt die Zeit, die ihr habt."

Markus lächelte, endlich und sah sie aus leuchtenden Augen an. *„Danke, Herrin."*

Ein Getöse, donnernde, stampfende Hufen, die durch den Wald fegten. Die Männer fuhren herum, wollten Waffen ziehen, die nicht mehr da waren. Und dann tauchte es zwischen den Bäumen auf. An der Spitze ihr Pferd und dann die Weiteren. *„Ihr glaubt doch nicht, dass ich euch laufen lasse? Ihr sollt auch einen Nutzen davon haben."* Synthia sprang auf ihr Pferd. *„Aber vergesst nicht. Ihr gehört mir. Und das auf ewig."*

Synthia lenkte das Pferd zum Wald und ritt hinein. Die ersten der Männer taten es ihr gleich und sprengten los. Jeder in eine andere Richtung.

<<>>

Ein Jäger erhob sich von den Ästen des Baumes. Er breitete seine Schwingen aus und flog am Rande der Wipfel entlang. Ein prächtiger Adler, nur unbedeutend größer als die natürlichen Vertreter.

Die Landschaft wechselte. Es ging über ein Meer, den Strand und Felsen von überragender Höhe. Dann wieder Waldflächen, viel dichter und undurchdringlicher als so nahe der Zivilisation. Der Adler tauchte ab und zwischen den Ästen hindurch. Er landete am Boden. Sein Körper löste sich auf, verschob sich in der Luft in Lichtblitze und nahm neue Form an.

Ein Mann stand dort jetzt. Lange, wild zerzauste braune Haare, ein Vollbart, der nicht mal mehr die Lippen erkennen ließ. Ein hartes Gesicht über einer kräftigen Statur. Er trug eine braune Lederrüstung mit Eisenbeschlag und am Rücken eine Waffe. Eine Axt, die mit einem Hieb einen Baum fällen konnte. Der Griff zog sich über den ganzen Rücken und die Klinge, zu beiden Seiten scharf geschliffen, maß gut und gerne ihre Meter. Aber noch auffälliger als all das, war seine Kopfbedeckung. Er trug ein Fell über den Schultern, das den Anfang an seinem Kopf hatte. Es war der Schädel eines Tieres. Schwarzes Fell bedeckte ihn noch, die Augen herausgetrennt, eng anliegende Ohren und scharfe lange Vorderzähne, die dem Hünen bis zu den Augen reichten. Der Hüne trug den ausgehöhlten Schädel eines Bären. Er machte sich auf den Weg. Mit donnernden Schritten immer weiter in den Wald hinein.

Muskeln spannten und streckten sich gleichmäßig unter dem weißen Fell. Die Stute schnaubte widerwillig, als Lilith die Zügel zurückriss. Sie erhob sich auf die Hinterläufe und wieherte um ihren Willen zu demonstrieren. Lilith beugte sich herunter und tätschelte ihren Nacken. *„Ruhig. Ganz ruhig. Du brauchst keine Angst zu haben."* Lilith wusste nur zu genau, was die Stute spürte. Die Gefahr, vor der sie instinktiv zurückschreckte. Dort oben, am Ende des kleinen Pfades, in den Höhlen waren sie. Die Stute beruhigte sich wieder und Lilith glitt von ihrem Rücken herunter. Sie führte das Pferd zu einem abgestorbenen Baum am Rande des Weges und band sie dort an. Aufgeregt huschten ihre Augen noch immer viel zu schnell durch die Umgebung. Der Atem verließ schnaufend die Nüstern. Lilith strich ihr darüber und gab ihr ihren eigenen Geruch. Es wirkte etwas. Mehr konnte sie leider nicht für sie tun.

Sie wandte sich ab und erklomm den steinigen steilen Hügel. Gespenstisch hoch über ihr ragte die Felsenspitze in die Höhe. Und genau dort musste sie hin. Der Mond stand in voller Pracht am Himmel. Selbst sie konnte sich der magischen Wirkung nur schwer entziehen. Kein guter Zeitpunkt um Demihah zu besuchen. Aber sie musste es tun. Sie durfte keine Zeit verlieren. Dafür war es einfach zu wichtig. Stück für Stück erklomm sie den Pfad. Es erschöpfte sie nicht. Aber es war nervenaufreibend. Warum waren sie und ihre Schwestern auch nicht mit mehr magischen Fähigkeiten ausgestattet worden? Ewiges Leben, jeder seine eigen Gabe, die sehr viel ermöglichte und vereinfachte. Warum nicht fliegen oder Ähnliches? Das hätte sich wirklich schon des Öfteren als nützlich erwiesen.

Aber daran hatte er nicht gedacht als er sie erschaffen hatte. Ganz sicher nicht. Was er wohl ertragen musste? Sie konnte es sich nicht ausmalen. Und sie wollte es auch lieber nicht. Es könnte zu sehr schmerzen und sie bei ihrer Aufgabe behindern. So viel, das noch getan werden musste. So lange, wie es dauern würde. Da konnte sie sich nicht erlauben von Erinnerungen überwältigt zu werden. Mittlerweile glaubten nur noch die Wenigsten an ihn. Nur ein paar primitive Völker in den Wäldern, die auch seine Gebräuche noch übten. Diese Zeit hatte alles einfach weggespült. Sie vermisste es schon. Angebetet zu werden als Naturgeist, Opfer zu bekommen und Menschen als Diener. Das waren Zeiten gewesen. Aber Simahe musste es ihnen ja verbieten. Und leider war sie auch die Mächtigste von ihnen. Aber das konnte sich noch ändern. Mit der Hilfe von Kain, konnte sie ihr diese Macht nehmen und dafür sorgen, dass sie sie nie mehr erschaffen können würde. Sie töten wollte sie gar nicht. Es war immerhin ihre Schwester und er würde es nicht gut heißen. Soweit Lilith wusste, gab es auch nur eine Rasse, die Walküren töten konnte. Und praktischerweise unterstanden die natürlich gerade Simahe. Und genau diese Rasse, musste Lilith vernichten, wenn alles funktionieren sollte.

Lilith erreichte den Eingang zu den Höhlen. Sie brauchte sich nicht anzukündigen. Demihah hatte sicher schon gespürt, dass sie hier war. Sie folgte dem nur durch Fackeln erhellten Gang immer weiter in den Bauch des Felsen. Zwischenzeitlich tauchten sie auf. Die Auskerbungen im Stein. Fenster, die in Räume zeigten, in denen sich große Eisenkäfige befanden. Lilith blieb für einen Moment stehen und schaute durch so ein Fenster. Ein Mensch war in dem Käfig gefangen. Aber nach dem Biss ihrer Schwester war er das schon lange nicht mehr. Es war Vollmond und so kochte das magische Blut in ihm. Jetzt war er ein Wolf. Prächtig und von muskulöser Statur. Weit größer und gefährlicher als die anderen Wesen, denen sie in der Natur begegnet war. Gleichzusetzen mit den Vampiren. Und doch weniger umgänglich. Ihr persönlich gefielen die Vampire besser. An die Berserker wollte sie gar nicht erst denken. Sie waren Menschen und doch besaßen sie das Feuer und die Stärke von Vampiren und Werwölfen, das nur durch einen unvorsichtigen Funken entzündet werden konnte. Sie verfielen in einen Blutrausch und waren nicht mehr aufzuhalten. Keiner stellte sich so einer Kreatur in den Weg. Ob Vampir oder Werwolf, der Mensch, der von diesem Funken entzündet war, war weit gefährlicher und mächtiger als sie beide. Sie sahen aus wie Menschen und doch waren sie die wirklichen Bestien. Sie hatte noch nie einen Lebendigen getroffen. Und so würde das auch bleiben, denn nur sie waren es, die Walküren töten konnten.

Die Kreatur im Käfig erblickte sie, fletschte die Zähne und ließ ihr Knurren erschallen. Die gelben Augen auf Lilith fixiert, sprang der Wolf und landete in den Gitterstäben. Aber sie hielten.

Lilith drehte sich wieder weg und folgte dem Gang weiter. Schon nach kurzer Zeit erreichte sie einen Raum, in dem ein Lagerfeuer brannte. Demihah stand davor und rührte in einem Kessel, der einen widerlichen Geruch in den Raum schickte. Lilith wollte lieber nicht wissen, was sie da kochte und ebenso wenig würde sie auch nur einen Tropfen anrühren. Demihah sah nicht auf, als sie den Raum betrat. Lilith fand schon, dass sie sich sehr gehen ließ. Sie wohnte in einer Höhle mit ihren Kreaturen und dennoch, so musste sie nicht aussehen. Verfilzte graue Haare, in Lumpen gehüllt, zerrissen und ewig nicht mehr gewaschen. Wie lange Demihah nicht mehr gebadet hatte, darüber dachte Lilith besser nicht nach. Sie konnte nicht verstehen, dass sie sich so sehr von den Anderen unterschied. Aber ihr war ihr Auftreten wichtig.

„Schämst Du Dich so sehr, eine von uns zu sein?" Erhob Demihah als Erste das Wort.

Lilith fühlte sich ertappt. Wenn es auch lächerlich war. Denn Gedankenlesen konnte sie noch nicht. *„Warum?"* Stellte sie die Gegenfrage.

„Was sollen diese Geschichten mit den Engeln? Das Paradies, Adam und Eva, Du kannst es nicht lassen, nicht wahr? Du bist nicht göttlich. Nicht von diesem Gott. Du bist wie wir. Reicht Dir das nicht?"

Lilith lachte. *„Den Menschen gefällt das. Es ändert einfach alles, wenn sie einen mit diesen Augen ansehen. Ein Engel, gefallen mit dem göttlichen Funken. Die Wahrheit würden sie nicht verstehen und mich mehr verfluchen als anbeten. Aber ich denke, Du verstehst das nicht."*

Demihah ließ den Kochlöffel los und drehte sich zu ihr um. *„Warum bist Du hier?"*

„Du bist meine Schwester. Darf ich Dich nicht besuchen?"

Demihah verzog das Gesicht zu einer Maske.

„*Jeder der Anderen, würde ich das glauben. Doch Dir nicht, dafür kenne ich Dich zu gut. Keine Spielchen, bitte. Sonst will ich, das Du sofort wieder gehst.*"

Lilith hob beschwichtigend die Hände. „*Schon gut. Also. ... Ich brauche Deine Wölfe.*"

„*Das ist nicht Dein Ernst.*" Entfuhr es Demihah und diesmal blickte sie Lilith sichtlich überrascht an. „*Wofür?*"

„*Das ist nicht so einfach zu erklären*", antwortete Lilith und wich ihrem Blick aus. Sie betrachtete die Wolfsfelle an den Wänden, worauf schwarze Strichzeichnungen der verschiedensten Kreaturen zu finden waren.

„*Du solltest es wenigstens versuchen. Hat es etwas mit dieser Macht zu tun, die auch ich spüren konnte? Etwas Vergleichbares gab es hier schon lange nicht mehr. Oder ist es nur wegen dem Vampir?*"

Lilith sah sie wieder an und bemerkte, dass sie sie wieder musterte. „*Es ist Beides. ... Ich hätte mir denken können, dass auch Du es gespürt hast. Diese Macht. ... Eine von Ihnen ist hier aufgetaucht. Eine des Paktes.*"

„*Das kann nicht sein. Simahe hat mir persönlich versichert, dass sie alle tot sind. Der Letzte habe sich selbst getötet.*" Demihahs Ruhe war wie weggeblasen. Sie kam herüber zu Lilith und packte sie am Arm.

Lilith riss sich los und ging ein paar Schritte von ihr weg. „*Ich kümmere mich darum, keine Angst. Aber dafür brauche ich Deine Krieger.*"

„Du willst Kain als Lockvogel missbrauchen? Aber Du willst nicht, dass er stirbt, oder?" Lilith antwortete nicht, aber Demihah war das Aussage genug. *„Schwester, Schwester. Du hattest schon immer eine Schwäche für die Starken. Kann es sein, dass da mehr hinter ist? … Du weißt, dass es nicht Deine Aufgabe ist, ihm zu helfen. Er ist Blesta`s Brut. Wenn da nicht nur der dumme Umstand wäre, dass Simahe sie töten ließ. Du gehst das gleiche Risiko ein, wenn Du Dich einmischst."*

„Ich weiß." Sagte Lilith und ließ sich auf einen Stuhl an der rechten Wand sinken, der trotz ihres leichten Gewichtes bedrohlich ächzte. *„Aber sehnst Du Dich nicht auch nach den alten Zeiten zurück? Als man uns noch anbetete und verehrte? Ich bin es Leid mich zu verstecken aus Angst, dass sie mich finden könnte. Ich will nicht mehr in den dunkelsten Ecken, den tiefsten Höhlen wohnen müssen. Verdammt, wir sind wie Engel und als das, sollten wir auch unter ihnen leben."* Lilith war aufgesprungen, die Augen voll des übernatürlichen Glanzes, der sich auch jetzt um ihre Gestalt ausbreitete.

„Du solltest Dich beherrschen, Schwester. Sonst wird man Dich spüren. Und bevor es auch nur losgeht, wird sie Dich töten. Aber wie willst Du sie besiegen?" Fragte Demihah.

„Ich kann es Dir noch nicht sagen. Mein Plan umrankt Jahrhunderte, bis er sich vollends entfaltet. Jetzt fängt es an und doch wird es noch so lange dauern. Ich werde ein Königreich errichten, nur für uns. Und sie

wird sich auf die Knie werfen, das ist versprochen. Tut sie es nicht, so wird man sie töten."

„Das wirst Du ohne ihre Krieger nicht schaffen, das weißt Du?"

„Ja." Lilith antwortete nur knapp.

„Du willst es mir nicht sagen, nicht wahr? Aber ich vertraue Dir, Schwester. Wenn Du auch die Hinterhältigste von uns bist. Nicht ohne Grund hast Du die Verführung als Gabe erhalten." Demihah kam wieder hinüber zu ihr und schloss sie in die Arme. Diesmal war es Lilith nicht unangenehm. Sie erwiderte die Geste sogar. Dann löste sich Demihah. „Du bekommst Deine Krieger. Schick mir den Ruf und ich lasse sie frei. Nur Deinem Willen unterworfen. Du magst es mir nicht glauben, aber auch ich habe es Leid, mich zu verstecken. Aber viel mehr fürchte ich die sich verändernde Welt mit ihren neuen Göttern, die uns ins Vergessen drängt. Lass das nicht zu. Das schulden wir ihm. Dafür hat er uns erschaffen, als seine Geißel, wie auch sein Segen. ... Töte Simahe. Sie hat es verdient. Wie konnte sie sich auch von ihm abwenden. ... Und jetzt geh. Es muss noch viel vorbereitet werden, wenn sie bereit sein sollen." Demihah ging wieder zu ihrem Kessel und ließ wie gedankenverloren die Kelle hindurch gleiten.

Lilith schickte ihr noch ein Lächeln, das aber kein Ziel mehr fand. Sie folgte dem Weg wieder nach Draußen. Das war einfacher geworden als geplant. Simahe töten? Das hatte sie nicht vor.

Aber sie wusste, dass das der schwache Punkt von Dimahe gewesen war. Blesta und sie hatten sich sehr nahe gestanden. Sie schrie geradezu nach Rache, doch war sie zu feige, das Schwert selber zu ergreifen. Und Lilith würde es nicht für sie machen. Das konnte er entscheiden, wenn er wieder da war. Doch bis dahin würde es noch sehr lange dauern.

<<>>

Sie verlässt die Küche und betritt den Saal. Tänzelnd weicht sie den schwankenden Gästen aus, ein braunes Tablett auf den nackten Armen. Sie begibt sich zum ersten Tisch, nimmt die Krüge Met herunter und stellt sie darauf. Angetrunken versucht einer der Männer sie in die Arme zu schließen und auf seinen Schoss zu ziehen. Sie entzieht sich ihm zu schnell. Er knurrt leise, erhebt das Wort zum Widerspruch und seine Hand sinkt zum Schwertgriff. Doch dann erblickt er den vollen Krug, greift danach und trinkt. Schon ist die Frau wieder vergessen. Einer der Vieren am Tisch beginnt mit seiner Beute zu prahlen. Die Anderen fallen darauf ein und überbieten sich in Trophäen und Narben, die sie aus siegreichen Kämpfen mit nach Hause brachten. Die junge Frau geht weiter. Vorbei an dem Tisch mit den Spielern. Sie trinken wenig, aber bringen viele Gäste hierhin. Die Würfel poltern des Öfteren auf das ausgetrocknete Holz.

Führen zu Flüchen oder wilden Schreien. Sie lässt auch dort ein paar gefüllte Krüge zurück und geht weiter. Durch den ganzen Saal vorbei an allen Tischen bis zur Feuerstelle am Ende des Raumes. Dort sitzt er alleine auf einem Bärenfell. Schon den ganzen Abend und spricht mit keinem der Gäste. Eine wuchtige Axt liegt neben ihm, der Bärenschädel auf der anderen Seite. Sein lockiges braunes Haar hängt ihm weit über die breiten Schultern und unentwegt, starrt er in das Feuer. Sie stellt den größten der Krüge neben ihn auf den Boden, will wieder gehen, als er aus seiner Starre erwacht und sie am Arm packt. Erschreckt schaut sie ihn an, will zurückweichen, doch eine ungeheure Kraft lässt ihr keine Möglichkeit dazu. Er blickt sie an, aus dunklen Augen, wild und sanft zugleich. Sie sieht die Narben wilder Kämpfe, die sein Gesicht jedoch nicht entstellt haben. Nur ein Wort, das er ausspricht: „*Danke.*" Und dann lässt er sie los. Sie beeilt sich von ihm wegzukommen, verunsichert und verwirrt blickt sie sich immer wieder um. Doch der Krieger starrt wieder in das Feuer.

Die Holztür wird aufgestoßen, ein Windstoß fegt durch das Gasthaus und lässt die Kerzen kurz züngeln. Ein Hüne betritt den Saal, schließt die Tür wieder hinter sich und lässt seinen wachsamen Blick durch den Raum gleiten. Jeder der Menschen hier im Raum schaut weg und drückt sich wie unscheinbar in seinen Krug. Sie wollen nicht gesehen, nicht bemerkt werden. Der Krieger am Feuer dreht sich um, gibt durch ein Nicken sein Verständnis zum Ausdruck und richtet sich auf. Erneut wird die Tür aufgestoßen. Soldaten betreten den Raum. Angeführt von einem Mann in edler Kleidung. In rotes Samt gehüllt, mit Spitzen versehene Aufschläge und ein reichlich verziertes Schwert an der Seite. Sie Soldaten nicht weniger prächtig ausgestattet, aber in Rüstungen zur Vollendung poliert, umringen den Hünen.

Der Anführer erhebt das Wort. Seine Augen funkeln, die Mine verzerrt und grollende Töne, die er hinaus schickt: „*Eine weitere Stadt wurde ausgelöscht. Und ihr seid in unserem Gasthaus und betrinkt euch mit Met? Es war ein Fehler von meinem Vater euch zu rufen.*" Er wartet auf Antwort, will die Entgegnung, die ihn befriedigend die freie Wut ermöglicht. Doch der Hüne sagt nichts. Keine Regung. Nicht in der Miene und nicht in einem einzigen Muskel. Der Anführer zieht sein Schwert. „*Wisst ihr wer ich bin? Ich bin der Sohn des Königs. Ich habe genauso viel Macht wie er. Ihr untersteht also auch mir. Kniet nieder, befehle ich euch.*"

Fast flüsternd kommen die Worte des Hünen: „*Wir unterstehen niemandem. Und wir knien auch vor niemandem, Mensch.*" Ein verächtlicher Zug um seine Lippen, ein herablassender Blick und er wendet sich ab.

Der Sohn des Königs wird weiß im Gesicht, seine Augen funkeln fast übernatürlich, doch es ist nur der unbeherrschte Zorn des Zurückgewiesenen. Auch die Soldaten ziehen ihre Schwerter. Der Anführer schreit jetzt: „*Die Bauern haben Angst vor euch. Doch ich werde ihnen zeigen, wie sterblich ihr seid.*" Der Anführer holt aus, bereit den Stich zum Herzen zu führen, aber der Hüne packt ihn und schleudert ihn wie nichts durch die Holztür. Der Anführer schlittert über Staub und Erde. Seine Soldaten rennen zu ihm, helfen ihm aufzustehen. Doch er stößt sie weg. Seine Fratze lodert jetzt vor verletztem Stolz. Nun will er Blut. Er schreit seine Soldaten an: „*Tötet ihn. Sofort.*"

Die Soldaten umringen den Hünen wieder, umkreisen ihn wie die Jäger die Beute. Doch hier ist keine Beute zu finden. Etwas weit Schlimmeres als jeder Jäger.

Der Hüne hebt sein Haupt zum Himmel. Er schreit. Kein Angstschrei, eher zum Angriff. Laut dringt es bis in die Stadt. Die Soldaten weichen erschreckt zurück. Doch der Blick ihres Herrn schickt sie wieder an den Gegner. Die Augen des Hünen überzieht ein gelblicher Schimmer und dann färben sie sich blutrot. Seine Muskeln scheinen zu wachsen, er selber gewinnt noch an Größe. Und dann zieht er seine riesige Axt vom Rücken und holt nur einmal aus. Die Soldaten, die nicht schnell genug waren, fallen enthauptet in ihr eigenes Blut. Die Übrigen werden zurückgedrängt, zurückgerissen von dem Sog. Der Hüne ergreift erneut an. Keiner der Soldaten versucht ihn auch nur zu Blocken. Es würde sie von den Beinen reißen. Der Schlag geht ins Leere, fegt in den Boden, trifft auf Stein, den es in tausend Stücke zerreißt. Die Erde bebt und die Soldaten, die wenigen Überlebenden, lassen ihre Schwerter fallen und rennen um ihr Leben. Der Hüne reißt seine Axt wieder hoch und geht zum Anführer, der wimmernd am Boden liegt und nur noch stammelnde Worte herausbringt. Der Hüne an riesiger Gestalt, keuchend und vor Blutlust kochend, mit erhobener Axt über ihm, lässt sie herabfahren, bereit die Made zu zerquetschen. Wie ein Schatten ist es an seiner Seite. Ein Aufprall der Kräfte die aufeinandertreffen. Das Erdreich wird aufgewirbelt, Steine in die Luft geworfen. Der Hüne zittert an jedem Muskel, schnauft und drückt sein Todeswerkzeug mit aller Kraft weiter. Doch es bewegt sich nicht. Der andere Krieger hält seine Waffe in eisigem Griff und blickt ihm in die Augen. *„Stille deinen Hunger. Aber nicht hier."* Barsch und herrisch seine Worte und er lässt die Axt los. Der Hüne stampft los. Schon bald ist er nicht mehr zu sehen, doch das Ungetüm, das in ungebremster Blutgier durch die Gegend streift, ist nicht zu überhören. Es wird nur übertönt von den gurgelnden Schreien der eben noch geflohenen Soldaten.

„Geht zu eurem König. Berichtet ihm, was passiert, wenn ihr uns reizt. Wir wären eine viel schlimmere Plage, als diese Bluttrinker, wenn ihr uns zum Feind hättet. Ihr wolltet unsere Hilfe. Vergesst das nicht." *Ruhig spricht der Krieger die Worte aus.* Doch der Sohn des Königs konnte auch in seinen braunen Augen dieses gelbe Funkeln entdecken. Nur für den Bruchteil einer Sekunde blitzte es auf. Doch das reichte ihm, um sich aufzurappeln und so schnell es ging zum Schloss zu laufen. Was für Mächte hatten sie da beschworen?

Kapitel III

Die Muskeln zum Zerreißen gespannt, federn und entladen sich mit donnernden Hufen auf der Erde. Meter um Meter machen sie gut. Das Fell von Schweiß bedeckt, die Augen in Entsetzen geweitet und Schaum vor dem Mund. Noch kämpft es, noch hat es Kraft, unermüdlich angetrieben von den sanften Tritten in die Seite.

Der Reiter, in nicht weniger Panik versetzt, fühlt sein Schicksal nahen. Doch noch hofft er zu entkommen. Er darf nicht scheitern, seine Mission ist zu wichtig. Ein simples Papier mit den Abschiedsworten der liebenden Schwester, das Merlin überbracht werden muss.

Der Mond durchbricht nur schwach die dunklen Wege, denen der Reiter folgen muss. In Dunkelheit gehüllt, durchreitet er Wälder, überspringt Flüsse und Felsen. Hinter ihm, im Rudel, die sabbernden Bestien. Sie jaulen und keuchen zur Scheibe am Himmel. Aber mehr noch wollen sie die Beute, die sich nicht ergeben will. Sie schaffen es nicht näher heran, aber sie fallen auch nicht zurück. Ein Spiel der Kräfte, in dem das ermüdende Pferd verlieren wird. Der Reiter weiß es. Aber noch gibt er nicht auf. Er schwenkt die lodernde Fackel in seinem rechten Arm. Dann schleudert er sie mit aller Kraft in die Meute an Wölfen. Schmerzerfülltes Jaulen, zischende Geräusche und ein Lächeln zieht über die Züge des Reiters.

Der erste Wolf fällt. Das Feuer frisst sich in das Fell

und gibt nur nackte Haut wieder, die von der Hitze angegriffen, den Wolf weiter quält. Die Wölfe dahinter fallen, mitgerissen vom plötzlichen Stop des Ersten. Im Knäuel übereinander geworfen, landen sie in den Büschen.

Der Reiter schöpft Hoffnung. Es glitzert schemenhaft zwischen den Bäumen. Säuselnd vermischt sich eine Stimmer mit dem Wind. Süß, sanft und so verführerisch. „Thomas." „Komm zu uns." Der Reiter kann sich nur mit aller Konzentration zwingen, nicht nachzugeben. Es berührt ihn, erweckt eine Sehnsucht nach Frieden und Liebe. Der reinen Verführung, die er sich, wie ein jeder Mann, so sehr wünscht. Der Wind gibt nicht nach. Trägt immer mehr die Versprechungen herüber. Sie offenbaren, bieten an und wollen nur ihn. Nicht zu fassen, nur ein dünner Schein und doch von solcher Macht, die ihr Opfer selbst stärkt. Der Reiter, gepeinigt, weil er nicht nachgeben darf, schaut nach hinten. Die Wölfe folgen wieder, schneller diesmal. Unerbittlich kämpfend, wollen sie jetzt den Tribut für den erlittenen Schmerz.

Und der Reiter weiß, es ist aus. Endgültig.

Er soll Recht behalten. Zwischen den Bäumen gleiten sie hinaus, kreuzen den Weg des Reiters. Das Pferd bäumt auf und geht mit dem Reiter zu Boden. Mit letzter Kraft versucht er sich aufzurichten.

Doch schon in Sekunden sind sie da und reißen ihn wieder hinunter. Die wilden Jäger der Natur haben kein Erbarmen. Sie umkreisen diesen schwachen Gegner nicht mehr. Sie greifen an und holen sich ihr

Fleisch.

Die Mission des Reiters. Wichtig und bedeutend.
Hinweg gespült von der wilden Natur.

<<>>

Sie verfolgten seinen Weg. Tauchten immer für ein paar Sekunden auf und verschwanden dann wieder. Wesen ohne körperliche Form mit glühend blauen Augen. Nur aus Nebel schienen sie zu bestehen. Doch er wusste es besser. Sie hatten Krallen, die tiefe Wunden hinterließen, ohne Zögern töten würden. Es waren keine Wesen aus Nebel. Die Schatten selber waren ihre Grundlage. Doch sie würden ihn nicht angreifen. Sie lauerten nur. Seit er ihren sterblichen Gott getötet hatte, waren sie ohne Herrn. Er beherrschte die Schatten, doch sie gehorchten ihm nicht. Was sie antrieb, überhaupt am Leben hielt, wusste er nicht. Vielleicht war es nur ein Teil des Fluches, ein Sog der Verderbtheit seines Reiches, die sie an ihn ketteten.

Er blickte zum Himmel. Ein Vollmond wie an jedem Tag. Die Sonne wagte es nicht, auch nur einen Strahl hierhin zu schicken. Keine Sterne, keine Wolken, kein Wind. Die Natur schien damals auch gestorben zu sein.

Damals. Jahrhunderte waren vergangen seit diesem Tag. Er, ein Edelmann, ein Krieger, siegreich in jeder Schlacht. Bis er den Fehler machte und den Legenden glaubte. Die

Legenden, die von Schatten und Geistern erzählten. Eine Kreatur im Wald, verborgen in der hintersten Höhle. Wie jung war er doch gewesen. Wie übermütig und voll ungebremster Leidenschaft, das Böse auszumerzen. Er hatte sein Heer zusammengerufen und war ohne Zögern in die Schlacht gezogen.

Aber was er fand, war keine Kreatur gewesen. Keine Fratze des Bösen. Er fand eine Frau, voll des überirdischen Lichtes. Verletzlich und so rein, dass in ihr kein Keim des Bösen reifen konnte. Er erhob sein Schwert, bereit für den letzten Streich, aber er konnte es nicht tun. Er ließ sie leben.

Und dann veränderte sie ihn. Durch einen unscheinbaren Biss gab sie ihm grenzenlose Macht und einen Fluch, den er nie mehr loswerden sollte. Die Frau verschwand. Oft war er später in diese Höhle gegangen, bereit das zu tun, wo er als Mensch gescheitert war. Sie bezahlen zu lassen, für die Verdammung in die sie ihn gestoßen hatte. Aber er sah sie nie wieder. Sie war kein Vampir gewesen, kein menschliches Wesen und keine Hexe. Die Antwort ihres Ursprungs blieb ihm seit Jahrhunderten verborgen und er würde sie nie finden.

Er besiegte den falschen Gott, der seine Welt mit Opfergaben knechtete. Doch gleichzeitig brachte er den neuen Fluch mit sich. Und dieses Übel konnte nicht mehr besiegt werden. Denn es war in ihm, ein Teil von ihm selbst.

Auf die Entfernung erhob sich das Gebäude bedrohlich in die Höhe. Schwarz und grau. Der Ursprung der Dunkelheit, so schien es. Sein Schloss. Er musste seine Krieger zusammen rufen. Erneut. Doch würde er kein Böses besiegen. Wie damals, nur ein Neues stärken. Lilith hieß sie. Und sie hatte eine Wirkung auf ihn, der er sich nur schwer erwehren konnte. Er fühlte etwas in sich, wie seit menschlichen Zeiten nicht mehr. Dagegen wollte er sich nicht wehren, zu lange schon hatte er es vermisst. Geglaubt, dass er es nie mehr erleben würde. Aber wie sollte er seine Krieger durch die Schatten bringen? Das musste sie ihm beantworten. Vielleicht hatte sie einen Weg gefunden? Vor allem, da es noch ein grundlegenderes Problem dabei gab.

Nach kurzer Zeit erreichte er die Brücke, die ihn zur den breiten Türen des Schlosses brachte. Gemächlich schritt er sie entlang. Dann verharrte er kurz und blickte in die Gischt des Meeres, die tief unten brodelte. Vor Jahrhunderten hatte er hier gestanden. Unter Schmerzen schreiend und die Götter verfluchend, hatte er sich auf die Knie geworfen. Er hatte um Erlösung von diesem Fluch gebetet, um Hilfe gebettelt. Damals schien noch die Sonne in seinem Reich. Aber niemand erhörte ihn. Niemand beachtete ihn. Und sehr bald erkannte er, dass sein Glaube als Mensch nur ein Trugbild seiner eigenen Träume gewesen war.

Noch wie heute erinnerte er sich an den Tag. Diesen einen Tag, der alles veränderte. Aus ihm, dem tapferen Krieger des Guten, eine verdorbene Seele machte, die nur noch zerstören wollte.

Siegreich war er in seine Burg geritten. Gefeiert und verehrt, da dieses Böse aus dem Wald seinem Schwert zum Opfer gefallen war. Sie wussten die Wahrheit nicht und er hütete sich davor, sie aufzuklären. Sie feierten, sprachen dem Wein und der Musik im Übermaß zu. Fühlten sich sicher.

In den Armen seiner Gattin schlief er ein. Sie, im besten Alter, in ihrem Leib seinen Sohn. Des Nachts kam es über sie. Das Totgeglaubte suchte sie heim. Ungesehen, nicht mal vorher geahnt, drang es in das Schloss ein und besuchte ihn im Schlaf. Die Gestalt eines Engels becircte ihn, bis er ihr glaubte. An ein Zeichen des Gottes, der ihn belohnen wollte, da er sie nicht wehrlos getötet hatte und barmherzig gewesen war. So sei sie mit der Gabe der Unsterblichkeit zu ihm gesandt worden. Er gab nach, naiv und voll Vertrauen. Sie biss ihn und er ließ es zu, ohne auch nur an Gefahr oder Versuchung denken zu können.

Und dann fing es an. Der Blutdurst, diese Gier, die ihm seinen Willen und die Ehre nahmen. Nur wie im Nebel erinnerte sich Kain noch an seine ersten Tage. Aber an das Aufwachen danach...

Als die Gelüste noch immer nicht verebbt waren, aber sich die Menschlichkeit so langsam den Weg zurück kämpfte. Er erblickte die Leiche seiner Frau, die Krieger, die nun waren wie er. Er hatte es zugelassen, war selber zum Werkzeug des Teufels geworden. Auf jede Weise hatte er versucht, sich umzubringen. Doch es gab keinen Weg. Keinen Ausweg mehr.

Er rächte sich an Allen. Den Priestern, den Gläubigen, seines eigenen Reiches. Er überflutete diese Welt mit Blut. Er wollte Rache für das Böse, dass ihn übernommen hatte. Und der Einzige, der Schuld trug, der einzige, der wirklich gefallen war und dies alles verursacht hatte, den konnte er nicht töten. Sich selber.

Kain merkte, wie ihm eine Träne die Wange herunterlief. Er wischte sie weg, blickte auf diese roten Spuren, die es auf seiner weißen Hand hinterließ. Blut weinte er. Doch lange schon nicht mehr sein Eigenes. Er erwachte aus seiner Starre und überwand die letzten Meter bis zum Schloss. Was sich nicht mehr ändern ließ, darüber sollte er sich nicht beklagen. Er war nicht nur ein Opfer. Diese Macht, die

Kraft, genoß er doch viel zu sehr. Ein Handel, der sich nicht mehr rückgängig machen ließ. Jetzt ging er doch in die Schatten und verkürzte sich den Weg.

Er tauchte in der Mitte des Raumes wieder auf. Das Bett mit dem weißen Schleier. Hier hatten sie sich das erste Mal geliebt. Es war mittlerweile unzählige Jahrhunderte her und doch erinnerte er sich zu genau an alles. Ihr offener Blick, die Wärme, die Zerbrechlichkeit, als sie sich ihm öffnete. Ihm einfach alles gab, was sie besaß. Ihre Liebe. Er ließ sich auf das Bett sinken, strich über die Decke und das Kissen. Es war, als könnte er sie immer noch spüren. Als sei sie gerade erst aufgestanden und würde gleich durch diese Tür kommen, um ihm in die Arme zu fallen. Für sie hätte er alles aufgegeben. Sein Erbe, sein Königreich. Es hätte ihm gereicht, für immer an ihrer Seite zu leben. Aber das wollte sie nicht. Er sollte sich nicht so sehr für sie verändern. Sie liebe ihn, egal was er mache, wofür er sich entscheide. Sofern er es nur wirklich wolle. Ihm war klar gewesen, dass diese Erinnerungen alle wieder auftauchen würden, sobald er ein Fuß in sein Reich gesetzt hatte. Aber er wollte sie auch nicht verlieren. So sehr sie auch schmerzten, ihn an seine eigene Grausamkeit erinnerten, so sehr durfte er sie auch nicht verlieren. Denn nur sie ließen ihn nicht aufgeben. So eine lange

Zeit noch. Viel mehr, als er sie bis jetzt gelebt hatte. Und doch, es als Leben zu bezeichnen, wäre eine Lüge. Sein Leben, sein wirkliches Leben, hatte er vor so langer Zeit schon verloren. Er spürte, dass sie aufgetaucht war und ging wieder in die Schatten.

In seinem Thronsaal tauchte er wieder auf. Der majestätische Sitz am Ende des Raumes überragte alles. Eine riesige Halle. Doch sie war leer. Ausgestorben, genau, wie sein Königreich.

Sie stand an der rechten Wand und betrachtete ein Gemälde. Er, siegreich auf dem toten Körper eines Drachen.

„Danke." Sagte Kain.

Sie drehte sich um und sah ihn leicht fragend an. „Wofür?"

„Dass Du mir meine Zeit gelassen hast. Nicht einfach dort reingeplatzt bist und mich aus den Erinnerungen gerissen hast."

Sie lächelte, zuckte mit den Schultern, sagte aber nichts. Sie kam herüber und strich ihm über die Wange. „Sie werden bezahlen. Für alles, was sie uns angetan haben. Glaub mir mein Bruder, es wird eine Zeit für die Gerechtigkeit kommen."

„Aber es wird kein Triumph werden." Stieß Kain mit lauter Stimme aus.

„Tun wir es denn dafür?" Sie blickte ihm in die Augen, sah die Spuren, die die blutroten Tränen hinterlassen hatte und schloss ihn in die Arme.

„Es wird immer schwerer," sagte er, als sie sich wieder löste.

„Was?" Fragte sie.

Er schwieg erst, sein Blick wanderte durch den Raum und er suchte die passenden Worte.

„Nicht dazu zu werden. Diesem Dämon. Obwohl, das ist nicht das Schlimmste. Das Schwerste ist, nicht zu glauben, was einem das Blut sagt. Dass man genauso auch ist."

„Du bist stark. Und es tut mir Leid. Aber den Fluch werden wir nicht von Dir nehmen können. Es gibt keinen Weg. Ich habe gesucht, das kannst du mir glauben."

Beide schwiegen und sahen sich in stummen Einverständnis an.

„Es war genau, wie Du gesagt hast. Woher wusstest Du das?" Fragte Kain sie jetzt.

„Das ist nur schwer zu erklären. Nenn es Visionen, Vorahnungen. Woher die kommen, weiß ich auch nicht. Ist es so gelaufen, wie es sollte?"

„Ja, ganz genau so. Und ohne Deinen Zauber, wäre ich ihr ganz sicher verfallen. Wir sollten sie einfach töten." Sagte Kain.

Aufgeregt packte sie ihn am Arm. „Nein, das dürfen wir nicht. Dann stirbst Du und es gibt keinen Weg, Dich zurückzuholen. Wir müssen erst die Anderen finden und dann können wir zuschlagen. Aber wir wissen noch nicht mal, wie wir sie töten können. Und denk dran, was

Dich in tausenden von Jahren erwartet."

„Wenn es so geschieht. Das wäre ein zu seltsames Spiel der Kräfte." Fast spöttisch sprach Kain es aus.

„Es wird geschehen. Ich habe es gesehen. Und nur die Möglichkeit, die Hoffnung, ist es doch wert zu warten. Oder irre ich mich da?"

„Nein." Er war bereit zu warten. Und wenn es bis zum Ende der Welt dauern sollte.

„Vergiss nicht Bruder. Sie öffnet die Tore. In dem Moment, wo sie ihn wiederholt, können auch wir eingreifen und sie befreien."

„Wird sie denn dann noch die Gleiche sein?" Gab Kain zu bedenken.

„Das wird sie. Aber Du wirst Dir Deine Liebe neu verdienen müssen."

„Und das werde ich ..." Er verstummte und fuhr dann fort: „Sie will meine Krieger."

Ihr entwich ein Fluch. „Das dürfte ein Problem werden, aber ich habe so eine Idee."

Aufrecht ritt Synthia weiter in den Wald. Immer tiefer, bis das Blätterdach und die Umgebung sie von allem Anderen abschirmte. Sie ließ sich vom Pferd gleiten und fiel auf den Boden. Erschöpft, schaffte sie es nicht mal mehr, den Sturz mit den Armen aufzufangen und schlug hart auf. Eine leichte Benommenheit, die aber schnell wieder abebbte. Vor den Männern eben, wollte sie es nicht zeigen. Doch sie hatte es schon längst gespürt.

Der Kampf mit Kain hatte sie sehr viel Kraft gekostet. Sie fühlte sich ausgebrannt und ja, irgendwie hungrig. Aber es war ein anderer Hunger, der in ihr tobte, den sie sich nicht erklären oder zuordnen konnte. Ihre Wahrnehmung verschwamm und sie merkte, wie die Gedanken immer träger wurden. Aber zugleich wurde sie nicht schwächer. Sie wurde stärker. Körperlich fühlte sie Kraft erwachen, die sie nicht wegschieben oder unterdrücken konnte. Irgendetwas übernahm ihren Körper. Diese Erkenntnis wurde immer klarer und sie versuchte sich zu wehren. Aber ihr fehlte die Kraft.

Und dann bewegte sie sich. Aber ohne, dass sie es wollte oder etwas dagegen tun konnte. Hilflos, wie eingesperrt, durfte sie durch ihre Augen sehen, wie ihr Körper sich wieder aufrichtete. Sie fühlte die Präsenz von etwas Anderem. Etwas, dass sie vorher noch nie gespürt hatte. So abgrundtief böse, so verkommen und unerbittlich. Und diese Kreatur, die jetzt ihren Körper beherrschte, hatte einen Hunger, den sie stillen wollte. Sie sah, wie sie sich in die Luft erhob. Der Wald unter ihr wurde immer kleiner. Pfeilschnell glitt sie darüber hinweg, immer schneller und schneller. Der Umstand, dass sie flog, überraschte sie, aber viel mehr machte ihr diese Hilflosigkeit zu schaffen. Sie wusste nicht, was sie tun würde und so sehr sie es auch versuchte, sie konnte ihren Körper nicht lenken. Wie eingesperrt, saß sie im hinteren Teil ihres Verstandes. Es vergingen nur Sekunden, in denen Felsen vorbei rauschten, ein Meer, wieder ein Wald, den sie noch weiter überflog. Bis zu einer Lichtung. Dort landete sie ungebremst, aber ohne Schmerzen. Ihr Körper ging weiter, unablässlich einem Ziel zugewandt, das sie schon erahnen konnte. Sie wusste, das war es, was ihren Hunger stillen würde.

Leichen verstreut auf dem Boden. Die enthaupteten Körper von Soldaten in prächtiger Rüstung. Aber ihr Körper stoppte nicht, überwand die kurze Entfernung zu einem glitzernden Zentrum. Aber was sie sah, befand sich im Innern eines muskulösen und riesigen Körpers. Ein Bärenschädel auf dem Haupt, eine riesige Hand in den Händen. Ein Krieger, der aber nicht menschlich zu sein schien. Er drehte sich um, lodernde Auge, blutrot erleuchtet. Er erhob seine Axt zum Angriff, stürmte vor und holte aus. Doch ihr Körper bewegte sich schneller, als Synthia es sich jemals hätte vorstellen können. Seine Axt ging nicht ins Leere. Sie wurde gestoppt. Synthia erkannte ihre eigene Hand auf dem Griff und entriss sie einfach seinen Händen. Er schien genauso überrascht zu sein, wie sie selbst. Doch ihr Körper zögerte nicht. Er packte den Krieger am Hals und schmiss ihn zu Boden. Sie lag jetzt auf ihm und merkte, wie sie in sein Inneres griff. Aber nicht mit den Händen. Ihre Hände drückten seine Arme auf den Boden. Er wand und wehrte sich mit aller Kraft, doch er war hilflos und hatte keine Chance. Erst wie Schlieren fuhr es aus seiner Brust. Ein gleißendes Licht, funkelnd, wie der Kern der Sonne selber. Im Innern eine dunkelrote Glut, doch es erhellte nicht die Nacht. Stück für Stück verließ es seinen Körper und näherte sich dem Ihren. Dann, war es von ihm gelöst und versank in ihr selbst. Sie wurde nach hinten geschleudert, landete mit dem Hinterkopf auf einem Stein. Keine Schmerzen, keine Benommenheit. Nur eine riesige Kraft, die wie von einem Zentrum aus, sich innerlich immer weiter ausbreitete. Das pure Leben, reine Energie pulsierte durch ihre Adern. Aber es war nicht das Blut, das es transportierte. Eher wie Netze, Ströme aus Macht, die sie durchdrangen. Synthia versuchte sich aufzurichten und schaffte es. Sie hatte die Kontrolle wieder. Sie war nicht verwirrt, nicht mehr ängstlich, diese seltsame Nahrung gab ihr unendliche Kraft. Aber sie spürte ebenso, dass es nicht vorbei war.

Sie ging hinüber zu dem Krieger. Er lag noch

am Boden. Die Augen in Entsetzen geweitet, die Haut ausgemergelt und vertrocknet. Er schien um Jahrzehnte gealtert zu sein. Und er war tot.

Das war es, was sie brauchte, um ihre Macht zu erhalten? Seelen? Aber nicht von Menschen, so wie es aussah. Sondern von anderen Wesen? Übernatürlichen Wesen?

„Du brauchst nur ihre Macht, um Deine zu erhalten." Eine Frauenstimme.

Synthia drehte sich um und erkannte eine Schönheit in weißem Kleid. Schwarze Haare und graue Augen, die sie freundlich anblickten. Hatte sie alles gesehen?

Synthia senkte den Blick zu Boden. Sie fühlte Scham und Reue. War sie selber jetzt ein Dämon?

Die Frau kam näher. „Nein. Tu das nicht." Sie berührte Synthia am Kinn und führte ihr Gesicht wieder nach oben. „Da ist nichts Böses dran. Das ist es, wozu wir geschaffen wurden. Aber Du weißt noch wenig, nicht wahr?"

Synthia nickte nur.

„Ich werde Dir erklären, was ich weiß. Aber nicht hier. Das ist kein guter Platz zum Reden. Denn er war nicht alleine." Wie beiläufig zeigte sie auf die ausgemergelte Leiche des Kriegers. „Komm" und dann ergriff die Frau ihre Hand und Synthia ließ sich führen. Es war seltsam, aber irgendwie wusste sie, dass sie der Frau vertrauen konnte. Sie huschten zwischen den Bäumen hindurch. Synthia fiel auf, wie tänzelnd sich diese Frau bewegte. Ihre Füße berührten nur leicht den Boden, wich den Pflanzen aus, als versuche sie, sie nicht zu zerdrücken. Wie von selbst, passten sich ihre weißen Stoffschuhe jeder Wölbung an, als kenne sie jede Wurzel, jedes Loch und jeden Stein hier im Wald. Das war natürlich lächerlich. Und doch schien diese Frau, wie ein Teil der Natur selbst. Bemüht, keine Spuren bei ihrem Weg durch sie, zu hinterlassen. Synthia versuchte sich genauso zu bewegen. Aber es war schwieriger, als es bei der Frau aussah. Und dann stolperte sie und wäre ganz sicher hingefallen, wenn diese Frau sie nicht im letzten Moment aufgefangen hätte. Die Frau fing an zu lachen und Synthia kam sich vor wie ein Tollpatsch, lief rot an, wie eine pralle Tomate.

„Willst Du wissen, wie das geht?" Fragte die Frau sie mit amüsiertem Gesichtsausdruck. Stumm nickte Synthia nur. Aber die Frau lachte sie nicht aus, wie sie bemerkte. Sie schien sich einfach nur zu amüsieren und blickte sie sehr offen und freundlich an.

„Schließ einfach mal die Augen." Synthia blickte sie an und die Frau nickte ermutigend. „Mach ruhig. Keine Angst, Dir passiert nichts." Für einen Moment hatte Synthia Zweifel. War es nicht so, dass wenn jemand von keiner

Gefahr sprach, man sich lieber Gedanken machte, warum er das sagte? Und wenn man keine Angst haben sollte, man erst recht misstrauisch wurde? Aber das war natürlich lächerlich. Von dieser Frau ging keine Gefahr aus, das konnte Synthia spüren. Sie tat es dann doch und schloss die Augen.

„Und nun versuch Dich innerlich zu beruhigen. Lausch in Dich selbst. Atme gleichmäßig ein und aus. Immer tiefer. Bis Du nur noch Deinen eigenen Herzschlag hörst. Stell alle Gedanken ab. Sorgen, Zweifel und Ängste." Für kurze Zeit verstummte die Stimme.

Synthia versuchte das hinzubekommen, was von ihr verlangt wurde. Und seltsamerweise, fiel es ihr sehr leicht. Mühelos schaffte sie es, den Kampf von eben zu vergessen, den Hunger, den sie auf so seltsame Weise gestillt hatte und auch die Sorge, um ihre Tochter. Wie die Frau es gesagt hatte, wurde es still in ihr. Keine Gedanken mehr, auch keine Zeit, die spürbar verging. Einfach nur Ruhe und Stille.

„Jetzt lausche auf die Natur. Hier um Dich herum. Nimm das wahr, von dem Dich Deine menschliche Seite abgelenkt hat."

Synthia sperrte ihre Sinne auf. Erst spürte sie nur einen Windhauch auf der Wange. Er strich über ihr Haar und fand nur ganz leicht auch den Weg in ihr Ohr. Und dann kam noch mehr. Das Rauschen der Blätter über ihr. Ein leiser

Takt der knarrenden Äste, die darauf antworteten. Wie ein Wogen, ein zu schnell überhörtes Rascheln in den Halmen der Gräser am Erdreich. Umso mehr sie sich darauf einließ, um so mehr nahm sie wahr. Aber es waren nicht nur die Geräusche. Wie eine Berührung fühlte sie nun auch das Mondlicht auf ihrer Haut. Viel mehr noch, wie es auch innerlich sie zu berühren schien.

„Öffne Deine Augen jetzt wieder."

Synthia tat auch das. Es war alles genauso wie vorher. Aber es schien sich auch verändert zu haben. Nicht nur ein Wald, durch den sie hindurch lief. Eher wie ein Wesen, das mit ihr in Verbindung stand, auf unerklärliche Weise mit ihr sprach und sie willkommen hieß. Die Frau ergriff wieder ihre Hand. „Nun folge mir. Lass Dich aber von der Natur führen."

Sie machten sich wieder auf den Weg. Synthia versuchte nicht durch die Natur zu tänzeln. Es geschah einfach. Wie von selbst, wusste sie, wo sie ihren Fuß hinsetzen durfte, und wo nicht. Dort war der Eingang zu einem unterirdischen Gängesystem. Nur winzig und nicht zu sehen. Aber Synthia wusste es einfach, fing die Bestrebsamkeit der unterirdischen Arbeiter auf. An anderer Stelle ein Wurm, der sich vorsichtig aus der Erde herausschob und nicht von ihrem Tritt unterbrochen wurde, da sie ihm auswich. Ein leiser Jäger, der mit breiten Schwingen über ihr durch das Blätterdach streifte. Nicht zu hören und lautlos. Und doch nahm Synthia ihn wahr. Dieses Erlebnis war berauschend. Wie eine ganz neue Welt, die sie betrat. Jeden Tag war sie durch den Wald gegangen, war mit der Natur in Berührung gekommen. Sie war blind und taub gewesen. Still bat sie um Verzeihung. Es antwortete niemand, aber Synthia wusste, dass sie gehört worden war.

Sie huschten immer weiter durch den Wald. Die Frau beschleunigte das Tempo und Synthia konnte ohne Mühe folgen. Bald schon endete der Wald und sie wäre über eine Klippe gestürzt, wenn diese Frau sie nicht gestoppt hätte. Fragend blickte Synthia sie an. Unter ihnen war eine Schlucht, Geröll und Felsen. Aber nirgends ein Weg, der hinunterführte. Nur ein steiler Abhang.

„Wir müssen springen. Hab keine Angst, Dir geschieht nichts." Und dann sprang diese Frau einfach hinunter. Synthia konnte erkennen, dass es absolut kein sanfter Aufprall gewesen war. Doch die Frau erhob sich wieder. Synthia zögerte. Sie suchte die Umgebung nach einem Ausweg ab. Aber es gab keine Möglichkeit, um herunter zu kommen. So ließ sie sich auch einfach über den Vorsprung fallen. Sie flog einige Sekunden und landete dann ungebremst. Sie spürte, wie Knochen, ihr Körper, unnatürlich verformt wurden. Sie wartete auf die Schmerzen, die unerträglich kommen mussten. Aber sie blieben aus. Leichte Schmerzen nur, abgedämpft und schon merkte sie, wie sich ihre Knochen neu formten und zusammenfügten. Als Synthia sich wieder vom Boden aufrichtete, sagte sie nur: „Das muss ich wirklich nicht öfter haben."

„Ich weiß, es ist gewöhnungsbedürftig. Aber Du musst zugeben, dass es so viel schneller geht." Synthia nickte nur. Die Frau lief schon wieder voraus und Synthia folgte. „Wohin bringst Du mich?" Rief sie der Frau zu. So langsam wurde es schon seltsam. „Wir sind gleich da," bekam sie nur zur Antwort, ohne dass die Frau sich auch nur umdrehte. So ging es noch einige Zeit weiter, bis sie endlich den Eingang zu einer Höhle erreichten. Es ging tief hinab in den Bauch des Berges, in dunkle Winkel und Ecken, bis die Frau endlich stehen blieb und sich leicht tänzelnd umdrehte. „Hier können wir die Nacht verbringen, ohne dass uns jemand findet. Egal, wer oder was auch immer durch die Wälder streift." Synthia blickte sich um. Eine karge Höhle, die keinerlei Bezug zu einer Behausung hatte. In der Mitte die abgebrannten Spuren eines Lagerfeuers, ein paar Strohmatten auf dem Boden verteilt und Decken, die nicht stark verschmutzt aber auch nicht sauber waren. Synthia blickte sie mit hochgezogenen Augenbrauen an.

„Ich weiß", kam es mit einem Lachen von der Frau. „Nicht sehr bequem, aber nützlich. Und vor allem vermutet uns hier keiner. So sind wir erstmal sicher und ungestört."

„Sicher?" Fragte Synthia sie. „Gibt es denn Gefahr da draußen, für uns?"

Die Frau ging hinüber zu der Asche, sprach ein paar Worte und ein Feuer entstand, dass dieser kargen Behausung eine angenehme Wärme verlieh.

„Oh ja. Wir sind unsterblich, fast unverwundbar, aber auch wir können getötet werden. Von unseresgleichen, wenn Du so willst."

Synthia nahm auf einer der Decken Platz, wie es auch die Frau getan hatte und beobachtete das Schattenspiel an den Wänden. „Du hast mir noch nicht gesagt, wer Du bist. Und warum Du mir hilfst. Und was meinst du mit unseresgleichen?" So viele Fragen, so vieles, dass sie noch nicht verstand. Hatte sie den Weg zu leichtfertig beschritten? Diesen seltsamen Pakt zu schnell geschlossen?

„Ich heiße Lilith. Zu dieser Zeit. Ich hatte schon viele Namen. Aber die Anderen sind nicht mehr von Bedeutung. Wer ich bin und warum ich Dir helfe? In gewisser Weise sind wir gleich und doch auch nicht. Über Ecken sind wir sogar verwandt und könnten Schwestern sein. Aber wie die Umstände es wollen, sind wir eigentlich Feinde." Lilith sprach das so ruhig aus, als wenn das keine riesen Begebenheit sei.

„Feinde?" Synthia sprang auf und sah sie mit zusammengekniffenen Augen an. Doch die grauen Augen antworteten weiter mit offenem Blick.

„Setz Dich wieder, ich bin keine Gefahr für Dich. Wollte ich Dir etwas tun, so hätte ich es bereits. Unsere Feinde sind die Gleichen. Also macht uns das nicht wieder zu Verbündeten?"

„Du sprichst sehr vage."

„Ich weiß. Ich versuche Dich langsam an alles heranzuführen. Denn so wie es aussieht, weißt Du gar nichts."

„Nein", antwortete Synthia. „Es war immer ein großes Geheimnis, von dem die Wenigsten wussten."

„Auch Dein Bruder, der große Zauberer nicht?" Fragte Lilith, wie aus heiterem Himmel. Jetzt beschlich Synthia doch das Misstrauen.

„Du kennst meinen Bruder?" Was wusste sie noch alles?

„Kennen ist zu viel gesagt. Aber Merlins Taten, den Geschichten darüber, aus dem Weg zu gehen, ist nicht einfach."

„Ja, der große Held. Unfehlbar und rein im Glauben." Synthia konnte nicht verhindern, dass sich ein Anflug von Bitterkeit in die Worte einschlich.

„Er weiß es also nicht." Stellte Lilith fest und Synthia nickt. „Kommen wir zu unserem gemeinsamem Ursprung. ... Sagt Dir Odin etwas?"

Synthia überlegte kurz, musste aber den Kopf schütteln. „Einer der Naturgötter, oder?"

„Ein Naturgott. Das ist witzig." Lilith musste lachen und Synthia kam sich ziemlich lächerlich vor. „Entschuldige", unterbrach Lilith sich selber. „Aber diese Vorstellung war einfach zu komisch."

Sie schwieg einen Moment und Synthia konnte erkennen, dass sie nach den richtigen Worten suchte.

„Du kennst die mythologische Bedeutung von Engeln? Die Boten und Vollstrecker des Gottes?" Fragte Lilith.

„Ja, damit bin ich vertraut." Antwortete Synthia.

„Nun, gewissermaßen sind wir nichts Anderes. Odin ist unser Gott und wir sind seine Frauen. Zu dieser Zeit nennt man uns noch Walküren, obwohl die wenigsten wirklich wissen, was das bedeutet. Zu alten Zeiten, die selbst nicht mehr in den Aufzeichnungen zu finden sind, war es unsere Aufgabe, die gefallenen Krieger einer Schlacht, die mutigsten und stärksten durch unseren Kuss, seiner Armee zuzuführen, die den Weltuntergang verhindern sollte. Jede von uns Walküren hat eine besondere Gabe und diese Gabe geben wir durch unseren magischen Kuss weiter. Nicht nur an die Toten, ebenso an die Lebenden. Die Vampire, Werwölfe und auch das Wesen, der Berserker, den Du eben getötet hast, entstammen unserer Macht."

„Ihr habt sie erschaffen" Entfuhr es Synthia.

„Nicht wir, meine Schwestern. Ich will genauso wie Du, dass sie vernichtet werden. Wir haben gemeinsame Feinde. Das Schrecken, das Leid und die Pein, die sie über diese Welt gebracht haben, muss aufhören. Wir gehören nicht mehr in diese Welt."

„Was meinst Du damit?" Fragte Synthia.

„Die Schlacht um diese Erde mit den anderen Wesen hat nie stattgefunden. Odin selber hat einen Weg gefunden, sie zu verbannen. Der Preis dafür war, dass er ebenso eingesperrt wurde. Er und seine Brüder, Vili und Ve, die seit Anbeginn der Zeit im Krieg lagen. Nur zu dieser Zeit verbündeten sie sich und wendeten die Schlacht ab, die einen Weltuntergang und den Neubeginn bedeutet hätte. Wir sind nur noch die Überbleibsel davon. Ohne Sinn und Ziel auf Ewigkeit in dieser Welt gefangen." Lilith verstummte und sah geistesabwesend in die Flammen.

„Das heißt, ich entstamme Odin? All meine Magie? Die Magie meines Bruders?" Musste Synthia einfach wissen. Das stand in keiner Aufzeichnung, in keinem Schriftstück ihres

Vaters.

„Nein. Dein Ursprung ist in Ve zu finden. Dem Bruder Odins. Das heißt, eigentlich wären wir Feinde. Und ehrlich gesagt, sehen meine Schwestern das immer noch so. Willst Du ihnen zuvor kommen, so musst Du sie töten. Der Fluch, die Vampire, die Wölfe, hört erst auf, wenn sie tot sind. Es sind meine Schwestern und doch würden sie es nie akzeptieren, dass sie sich zurückziehen müssen. Es gibt keinen anderen Weg, leider nicht. Aber ebenso ist es die einzige Möglichkeit Deinen Hunger zu stillen. Denn das ist es, wonach Du gierst. Unserer Kraft."

„Was ist mit Dir? Du erschaffst auch solche Wesen?" Dann müsste ich Dich ebenso töten, wenn es aufhören soll, beendete Synthia den Satz in Gedanken.

„Nein. Als einzige kann ich das nicht." Sagte Lilith und Synthia glaubte ihr.

Die Stunden vergingen, wo Lilith ihr von der Vorzeit erzählte, wie sie verehrt und angebetet wurden. Bis ihr Gott einfach verschwand und sie selber überflüssig wurden. Lilith beschrieb ihr den Weg zu einer Höhle. Dort würde sie Demihah finden und sie töten müssen. Doch sollte sie das nicht vor Tagesanbruch machen, denn sie habe ihre Wölfe bei sich und würde sie ohne Zögern angreifen.

Lilith weinte um ihre Schwestern und Synthia

versuchte sie zu trösten. Der Preis musste bezahlt werden, wenn diese Welt gereinigt werden sollte. Was für ein Opfer von Lilith, dass sie zum Wohle der Welt, ihre Schwestern opfern wollte. Sie redeten noch lange. Und bald schliefen sie ein. Synthia war dankbar für die Freundin, die man ihr geschickt hatte.

Kapitel IV

Weiße Blitze hingen einen Moment in der Luft, nachdem sie verschwunden war. Seine Schwester. Sie hatte ihn im richtigen Moment geweckt, bevor er sich ganz verlieren konnte. Und auch jetzt war sie sein Anker, der ihn daran hinderte, ganz zu dieser Kreatur, diesem Wesen zu werden. Es schlummerte immer in ihm. Unbemerkt schlich es sich an und umnebelte seinen Verstand, bis er nichts mehr wollte, als diesem Ruf zu folgen. Aber das würde nicht geschehen. Das durfte nicht passieren. Und doch würde es unweigerlich irgendwann so weit sein. Das Licht, der strahlende Ritter im Dienste des Guten, bestand nur noch in seiner Erinnerung. So sehr es auch wollte. Er war das nicht mehr. Aber es war kein guter Zeitpunkt um an sich zu zweifeln. Er musste den Weg weitergehen. Wenn er sie wiederhaben wollte, so hatte er keine Wahl. Und es würde eine Zeit kommen, da würde die ganze Brut dafür bezahlen, was sie ihm angetan hatte.

Er versuchte es zu ignorieren. Aber er konnte nicht. Es störte ihn, dass diese Kriegerin, diese Magierin dieser Dimension ihm gewachsen war. Wenn sie ihn so leicht besiegen konnte, wie wollte er weit Stärkeres in die Knie zwingen?

Er musste den Schritt gehen, vor dem er noch

zurückgeschreckt war. Denn es würde sein Schicksal endgültig besiegeln. Aber war es das nicht bereits? Seine Schwester wusste nichts davon und das sollte auch so bleiben. Sie musste nicht alles erfahren.

Er ging in die Schatten. Aber anders, als immer zuvor, verließ er sie diesmal nicht. Er kniete sich hin, faltete die Hände und konzentrierte sich, bis er vollkommen ruhig war. Er konnte diese Bindung in sich spüren. Das Band, dass ihn an die Schatten knüpfte. Aber er bemerkte jetzt auch dieses Drängen. Es wollte sich vermischen. Mit diesem Dunkel, dem Verborgenem und der Nichtexistenz. Er ließ es zu. Das erste Mal seit er erschaffen worden war. Er spürte, wie es immer kälter in ihm wurde. Jedes Lebendige abzusterben schien und nichts mehr zurückließ. Und wirklich. Sein Körper löste sich auf. Erst verschwamm er selber nur und dann wurde er zu einer Masse, die jede Form verlor. Er wurde eins mit den Schatten ringsum. Er selber hörte auf zu existieren und wurde ein Teil dieser Macht. Auf einmal strömte es in ihn. Wissen, Bilder, Mächte, so intensiv, so klar und schneidend, dass er unter äußersten Schmerzen aufschreien wollte. Aber es ging nicht. Er besaß keinen Körper mehr. Wie ein Ertrinkende sank er immer tiefer hinein, ohne, dass er sich wehren oder noch befreien konnte. Und er gab auf. Er sah

Visionen, die er bald als Bilder anderer Leben erkannte. Worte, die in ihn wehten und Geheimnisse flüsterten. In jeder Sprache, die diese Welt jemals berührt hatte. Nicht beschränkt auf eine Dimension oder eine Zeit. Und er verstand alles. Wie ein Puzzle setzte sich alles von selber zusammen und zeichnete ein Gesamtbild, dass ihn von Grund auf veränderte. Aber im Grunde tat er das nicht. Die Zeit verging und bald fand er sich in seinem Körper wieder. Kniend und unverändert. Von Außen. Innerlich befand sich dagegen jetzt noch etwas Anderes. Nicht mehr nur die Schatten als Verbindung. Sie selber schienen jetzt in ihm zu leben. Er verließ das Reich wieder und landete im Übungssaal.

Die Schwerter rostig auf den Gestellen an den Wänden. Die Holzatrappen von Spinnweben behangen und mit grauer Staubschicht bedeckt. Ein Schlag von ihm und sie würden zusammenfallen. Aber es ging nicht um Kraft. Er wusste, dass er jetzt etwas konnte und wollte es doch noch nicht glauben.

Ein kurzer Wink mit dem Arm und die Schatten ringsum fingen an zu tanzen. Sie umkreisten sich und bildeten einen Kreis. Einen Raum, indem die Zeit stehenblieb. Außer für ihn. Dabei war auch die Zeit nicht von Bedeutung. Dafür nicht.

Im Raum befanden sich 20 dieser

Holzatrappen. Kain wusste nicht genau, wie er es machen sollte. Es sich vorstellen? Und während er nur darüber nachdachte, geschah es einfach. Aus dem Boden zur Seite jeder Attrappe stiegen sie aus dem Boden. Aus Schatten geformt, doch viel mehr als das. Wesen mit Gestalt, mit Rüstung und Schwert. Ebenbilder seiner Gestalt, die genau so stark und schnell wie er selber waren. Ein jeder schlug zu und das Holz fiel bröselnd zu Boden. Die Gestalten verschwanden wieder im Boden. Ohne Zweifel, zurück in die Schatten.

Er lachte. Er brauchte keine Armee. Er konnte sie herbeirufen, sie bilden und kämpfen lassen, wie und wann er wollte.

Aber er musste Lilith eine Armee geben, damit sie ihm vertraute und es so lief, wie es seine Schwester versprochen hatte. Bis dahin würde er für sich behalten, was er konnte. Welche Mächte ihm nun dienten. Es konnte hilfreich sein, so etwas in der Rückhand zu haben.

Es knisterte in der Luft. Kleine Lichtblitze, die auf ein Zentrum schlugen und dann war sie wieder da. Überrascht sah er sie an. Denn sie lächelte...

„Ich hatte Recht. Es gibt eine Möglichkeit, wie Du ihr die Krieger geben kannst." Sagte sie.

„Und wie? Ich dachte, wir hätten hier alles Leben ausgelöscht, damit es nicht mehr dem Fluch verfallen kann. Und ich meine mich zu erinnern, dass wir sehr genau waren." Sagte Kain verwundert.

„Das waren wir auch. Dennoch hat etwas überlebt. Wir haben es einfach übersehen. Du konntest es nicht spüren, da sie nicht rein menschlich waren. Oder weniger menschlich, als sie sein sollten. Mehr wie Tiere. Und deswegen unsichtbar für Dich."

Kain konnte sich darauf keinen Reim machen. Aber er wusste, dass sie es ihm gleich zeigen würde. Und dabei irrte er sich nicht.

Es war befremdlich auf diese Weise zu reisen. An seine eigenen Schattensprünge hatte er sich mit den Jahren gewöhnt. Aber mit ihr? Dieses Durchschreiten der Wirklichkeit? Es war, als wanderte man wie ein Geist durch Raum und Zeit. Man konnte die Welt vorbeifliegen sehen, dabei war der Fortgang wie eingefroren. Die Frage war nur, ob sie selber sich so durch diesen Raum neben der Wirklichkeit bewegten, oder ob die normale Zeit angehalten würde, damit sie hindurch schlüpfen konnten. Seine Schwester hatte mal versucht es ihm zu erklären. Aber damals hatte er ihr nicht zugehört. Er hatte geglaubt, er müsse es nicht wissen. Er wollte nicht zu Nahe in Berührung mit diesen Mächten kommen. Und nun war er selber so eine Macht.

„Was meinst Du?" Fragte sie ihn. Kain steuerte seine Gedanken wieder in den Raum, in dem sie sich befanden. Von hier aus hatte er den Blick über alles. Die Tunnel führten sehr tief in den Berg hinein und endeten in einer riesigen Höhle. Bäume, ein kleiner See und sogar Behausungen, die aus Holz und Seil zusammengebaut worden waren. Es war wie der Teil einer anderen Welt. Hier wuchsen Gräser, Pflanzen und sogar kleinere Tiere, die sich im Dickicht schlängelten. „Das ist unglaublich. Wie kann das hier bestehen, Marla?" Fragte Kain nach einem Moment. Das war ein Wunder.

„Ich weiß es auch nicht genau. Es muss mit diesem Stein zusammen hängen, der an der Decke hängt. Er gibt ein Licht aus, wie damals die Sonne. Darunter konnte alles wachsen." Versuchte Marla es in Worte zu fassen.

„Aber es ist kein Sonnenlicht, denn es schadet mir nicht." Sagte Kain. Ein Wunder. Und vielleicht sogar die Möglichkeit, seinem Reich wieder Leben einzuhauchen.

„Vergiss nicht warum wir hier sind," unterbrach Marla einfach seine Gedanken.

„Habe ich nicht. Aber erkennst Du nicht auch die Möglichkeiten, die sich daraus ergeben?" Antwortete Kain und fuhr fort: „Wir könnten diese Welt neu wachsen lassen. Nur bräuchten wir einen größeren Stein davon."

„Ich vermute, er kommt aus den Weiten des Alls. Die Götter müssen ihn geschickt haben."

Sagte Marla.

„Die Götter." Verbittert stieß Kain die Worte aus. „Sie haben sich doch nie um uns geschert."

Marla antwortete nicht. Sie sah das doch etwas anders. Aber das war nicht der Ort und die Zeit für so eine Unterhaltung. „Siehst Du sie dort unten?"

Das konnte Kain. Vielleicht sogar besser als sie. Sie gingen vornüber gebeugt, fast auf die Hände gestützt und erklommen die Bäume. Er konnte spüren, dass sie einen menschlichen Geist hatten und doch waren sie wie Tiere. Kein erhabener Verstand. Nur Instinkte, die sie sich auch so verhalten ließ. Tiere. Wie konnten das seine Krieger werden? Verfilzte Haare, in Pelze gekleidet, ungepflegt und verwildert.

„Es gibt eine Möglichkeit, wie ich sagte. Du verwandelst sie und ich lasse sie altern. Das gibt ihnen Macht und durch Deinen Fluch auch Verstand." Sagte Marla.

So sehr er sich auch dagegen wehren wollte, diese Kreaturen zu verwandeln, so hatte sie doch Recht. Und so machten sie sich ans Werk.

<<>>

Lilith schlich sich noch vor Anbruch des Tages aus der Höhle. Sie wollte Synthia nicht wecken. Sie würden sich noch früh genug wiedersehen. Und bis dahin musste noch Einiges getan werden.

Draußen wurde sie bereits erwartet. Eine junge

Frau, kastanienfarbene Haare, braune Augen, saß wie versteinert auf einem abgestorbenen Baum. Sie sprang herunter und landete neben Lilith. Ihre junge Stimme erklang hell und in Tönen, zu denen nur Kinder fähig waren. Genau das war sie auch. Im Alter von 14 Jahren gestorben. Eine Schande. Sie wäre die mächtigste Hexe aller Zeiten geworden. Tintaja, wie sie sich nannte. Nur Lilith kannte ihren echten Namen. Sie hatte sie gerettet, dem Griff des Todes und der Hölle entrissen. Ein simples Abkommen, das Lilith die uneingeschränkte Ergebenheit von Tintaja sicherte. Aber Lilith war sich darüber im Klaren, dass sie ihr ganz und gar niemals trauen durfte. Solange sie sich an den Plan hielt, wäre es kein Problem. Nur ihr niemals unvorsichtig den Rücken zuwenden. Nicht ohne Grund war sie vorzeitig in der Hölle gelandet. Sie hätte dem Teufel selber Konkurrenz machen können.

„Und, wie lief es? Hat sie es geschluckt?" Fragte Tintaja und ließ eine blaue Flamme über die Finger tanzen.

„Das geht Dich nicht an. Hast Du Deinen Teil erfüllt?" Zu sehr einweihen durfte Lilith sie nicht. Sie würde es nur für eigene Zwecke missbrauchen. Umso weniger sie wirklich wusste, umso besser.

„Ja, habe ich. Es war nicht besonders schwer. Er hat die Visionen geschluckt, die ich ihm geschickt habe. Viel zu einfach, wenn Du mich fragst." Tintaja ließ die Flammen über die Arme tanzen und erhob sie in den Morgenhimmel.

„Wie ein Dämon," schoss es Lilith in die Gedanken. Sie schüttelte es ab. Nur ein Kind, das spielte. „Merlin hat doch nichts geahnt?" Lilith versuchte die Wahrheit in Tintaja`s Miene zu lesen. Aber das war unmöglich.

„Wie sollte er? Ich bin viel mächtiger als er. Kinderleicht könnte ich ihn töten. Warum lässt Du es mich nicht tun?" Vorgezogene Lippen, ein schmollender Mund. Aber nur gespielt. Dann lachte sie wieder und fing an drehend zu tanzen.

Lilith packte sie grob am Arm. „Hör auf damit." Eine versteinerte Miene und funkelnde Augen. Und für einen Moment fuhr Tintaja zusammen. „Das ist zu ernst für Deine Spiele. Willst Du irgendwann frei sein, so musst Du Dich an den Plan halten. Verstanden?"

Es war wie eine Frage gestellt, aber Tintaja erkannte, dass nur eine Antwort erlaubt war. „Ja. Natürlich."

„Ich frage also nochmal. Hat Merlin irgendetwas geahnt?"

„Nein. Er hat es direkt als Nachricht von den Geistern aufgenommen. Als Vision der Zukunft." Sagte Tintaja.

„Gut. Und nun verschwinde, bevor Synthia

Dich erblickt. Es steht zu viel auf dem Spiel, als dass wir etwas riskieren könnten."

„Ja, Mam," sagte Tintaja und machte einen Knicks zu Boden.

Lilith hob einen Stein auf und warf ihn nach ihr. Schallendes Gelächter eines Kindes. Doch an ihrer Stelle knisterte nur noch die Luft und der Stein traf ins Leere.

Sie war wirklich ungezügelt und nicht zu kontrollieren. Aber leider brauchte Lilith sie. Wenn alles funktionieren sollte, war sie von entscheidender Bedeutung.

Jetzt musste sie zu Samuel. Sie brauchte seine Krieger. Und das, ohne dass sie ihm verraten durfte, wozu.

<<>>

Es war so verlaufen, wie Marla es vorausgesagt hatte. Kain selber konnte den Unterschied zu den neu erschaffenen Kriegern nur schwer feststellen. Einzig sein Verstand sagte ihm, dass sie nur durch Magie so sehr gealtert waren.

Marla trieb ihn zu Eile an, doch er wollte noch etwas überprüfen. Der Stein, dieser Stern in der Höhle. Der Gedanke ließ ihn nicht mehr los. Er wollte wissen, woher er kam. Er konnte einen Funken Hoffnung in die Zukunft bringen, die Marla vorausgesehen hatte. Vielleicht sogar diese Welt retten? Sein Reich und das Reich, das Lilith verdammen würde. Es gab nur einen Ort, wo er Antworten über die Sterne finden konnte. Nur einen in seiner Gefolgschaft, der sich dafür interessiert hatte. Naritus. Wie auch alle Anderen, musste Kain ihn töten, nachdem der Fluch sie befallen hatte. Aber er wusste, dass Naritus sehr genau arbeitete. Er hatte Skizzen vom Himmel angefertigt, den Stellungen der Sterne und deren Bahnen. Damals hatte Kain das für verschwendete Zeit gehalten. Er hatte genug in seinem Reich zu tun. Warum sich um den Himmel sorgen? Aber jetzt? Wo sich alles so sehr verändert hatte und noch mehr auf sie zu kam? Er konnte es sich nicht leisten, wenigstens mal nachzusehen.

Und so wühlte er sich durch die Unterlagen. Schriften über das Universum. Naritus beschrieb darin eine Ordnung. Es gäbe ein Universum mit vielen Welten darin. Aber nur wenige Dimensionen, die an diese angrenzten und von jeder Welt erreichbar seien. Himmel, Hölle, Schatten und was der Mensch sich noch alles hatte einfallen lassen, waren sehr wahrscheinlich solche Dimensionen. Nur mit Magie könne man in sie wechseln. Kain musste zugeben, dass Naritus da Recht gehabt hatte. Die Schatten kannte er selber doch zu gut. Dann stieß er auf ein Pergament, worauf sich wieder eine Skizze befand. Die Namen Odin, Ve und Vili auf einer Seite des Blattes. Auf der anderen Seite die Worte: *Riesen, Rasse der*

Dimara, Schattengeschlecht. Sie beide waren mit einer Linie versehen, die zu einem Wort führte. *Ragnarök.* Daneben die hingekrizelten Worte: *Weltuntergang, Verbannung beider Mächte in ein anderes Universum. Nur durch ein Portal zu erreichen.* So etwas hatte Kain nicht vermutet in Naritus Unterlagen zu finden. Marla hatte ihm gesagt, dass sie vorausgesehen habe, dass Lilith ein Tor öffnen wolle, um jemanden zu befreien. Ein Portal, durch dass er sich selber auch seine Liebe wiederholen könne. Es würde nur Jahrtausende dauern. Hing das damit zusammen? Kain konnte das nicht erkennen und doch beschlich ihn ein ungutes Gefühl. Er blätterte weiter und fand viel mehr solcher Skizzen. Eine Karte von Planeten des Universums. Und dann stieß Kain auf ein Abbild des Sternes, den er in der Höhle gesehen hatte. Naritus schrieb, dass es einmal eine Sonne gewesen sei. Er vermutete, dass es noch mehr Menschen im All geben könne, die wie sie unter der Sonne geboren waren. Da hatte Naritus Unrecht. Wie sie, traf es nicht mehr ganz. In seinem Reich befand sich keine Sonne mehr. Kain entdeckte ein gefaltetes Blatt und breitete es aus. Darauf wieder nur eine Skizze. Sie beschrieb den Weg des Sternes aus der Höhle. Naritus hatte es geschafft, den Weg zurück zu berechnen. Es führte geradewegs zu einen anderen Planeten, der einmal zwei

Sonnen gehabt hätte. *Menschen? Eine gleiche Welt voller Leben?* Stand daneben gekritzelt.

Naritus war da etwas auf der Spur gewesen. Es gab noch eine Welt? Noch eine Welt voller Menschen? Kain setzte sich auf den Stuhl und dachte einen Moment nach. Immer wieder glitt sein Blick über die Karte zu diesem Planeten. Sein Reich war verloren. Lilith würde ihre Welt in den Abgrund schicken. Er konnte und durfte sie nicht aufhalten, wenn er seine Liebe wieder finden wollte. Dieser Planet, so weit entfernt, könnte seine Rettung sein. Wenn er seine Liebe aus dem Reich der Toten befreite und sie dorthin brachte, könnte sie normal leben. Unberührt von allen Wesen, die diese Reiche verdorben hatten.

Ein Sprung durch die Schatten auf so eine Entfernung? Unmöglich, wenn er nicht schon mal dort gewesen war. Er würde im All landen, auf ewig verloren treiben. Er musste also zuerst dorthin. Aber wie?

Er stand vom Stuhl wieder auf und wollte den Raum verlassen. Vielleicht wusste Marla eine Antwort? Aber er wollte es ihr nicht erzählen. Diese Welt war unberührt. Es durfte keiner erfahren, dass es sie gab.

Es funkelte. Nur einen Moment glitzerte es am Boden. Kain zögerte, drehte um und betrachtete den Gegenstand genauer. Es war ein Riegel, den Kain nun zog. Es knirschte

Stein, der sich mühselig wie von selbst bewegte und eine Treppe freigab, die unter die Erde führte.

Kain stieg hinab. Was er dort unten entdeckte, war die Lösung. Aufgebahrt auf simplen Stein, stand eine Truhe. Eine Truhe, in der ein Mensch oder auch ein Wesen wie er, Platz hatte. „Oh, Naritus. Hätte ich Dir nur einmal wirklich zugehört." Schickte Kain die Worte hinaus. Ohne Zögern legte er sich in die Truhe und sie schloss sich von selbst. Jahrtausende würde er reisen. Hoffentlich war es das wert. Ein Mechanismus wurde gestartet. Räder und Magie, die die Eisenkiste in Gänge hinab gleiten ließ. Wo sie immer weiter beschleunigte, bis sie durch eine Öffnung im Boden zum Himmel schoss. Immer kleiner wurde sie am Horizont und trieb scheinbar ohne Ziel ins All.

Marla wartet auf dem Vorplatz mit den Kriegern. Sie wird Kain helfen, sie hinüber zu bringen. Sie sieht nicht, was in weiter Ferne ins All fliegt. Sie wartet.

Es knirscht, es zischt und Flammen schlagen aus der Burg. Marla fährt herum. In dem Moment verlässt Kain den Eingang. Nicht eine Sekunde zu früh. Denn hinter ihm bricht es schon auseinander. Marla sieht ihn erstaunt an.

„Wir brauchen es nicht mehr." Sagt Kain. Sie

versucht in seiner Miene zu lesen, aber sie ist ausdruckslos, unbeweglich. Und nur für den Hauch einer Sekunde flackert es in seinen Augen. Wie Schatten ziehen sich dadurch. Dann färben sie sich wieder glühend rot. Marla schießt ein Bild in den Kopf. Ein letzter Pinselstrich, der einem Bild Farbe verleiht. Sie verscheucht den Gedanken. Es gibt Wichtigeres.

Doch nur wir wissen, dass es kein Bild ist, das Farbe gewinnt. Viel mehr ein Abbild, durch die Schatten selber geboren.

Wie im Zeitraffer sehen wir die Wolken über den Himmel ziehen. Es wird Tag, die Sonne prächtig am blauen Himmel. Die Zeit vergeht. Ein Häschen, das aus dem Wald hoppelt. Es knabbert einen Halm der prächtig grünen Wiese an, hebt kurz seine Nüstern in den Wind und schnuppert. Wild fegen ihre Schnurrhaare durch die Umgebung, die Nasenflügel geweitet und zusammengezogen. Fast befriedigt, macht sich das kleine Kaninchen auf den Weg über die Wiese. Vergnügt spannt es die Hinterläufe wie eine Feder, schnellt in die Höhe und vollführt einen Seitwärtssprung. Es ist alleine und niemand beobachtet es. Es geht weiter über diese breite Fläche in Mitten des Waldes. Einer Oase gleich, doch nicht von Palmen umrandet. Dunkelheit, Dickicht und hohe Bäume zäunen ein. Das Häschen verschwindet darin und nichts mehr erinnert an sein Erscheinen. Die plattgedrückten Grashalme erheben sich wieder. Nur der Himmel war Zeuge und er wird schweigen. Der brennende Planet am Himmel. Glühende Lava, Explosionen der Hitze, zur Kugel geformt, in weiter Ferne und doch so nah, folgt seinem vorgeschriebenen Pfad. Er verschwindet aus unserem Blickfeld, die Nacht bricht herein. Ihr eigener Planet der Reflektion, kalt und grau, fast silbrig, steht nun am dunklen Himmel.

Aber noch etwas gebiert die Nacht aus dem finstersten Schwarz. Nicht von dieser Welt. Ohne Heimat, ohne Ursprung, so scheint es. Die Schatten selbst erwachen zum Leben. Weich und sanft streichen sie schneller als der Wind über die Baumwipfel und ... verharren. Still, regungslos im dichten Blätterdach, warten sie. Blaue Augen, unscheinbar leuchtend, wie die Fenster zur tiefsten Nacht. Kreaturen, mit schwarzer Haut bedeckt. Ein Haupt ohne die Spuren von verräterischen Haaren, keine Ohren und doch, ein Mund. Für eine Sekunde wird uns ein Blick unter die schwarzen Lippen gegönnt. Reißzähne, scharf geschliffen wie Dolche. Dann nur noch Stille. Kein Atem, kein einziger Muskel, der nicht gespannt ist. Klingen, Schwerter und Messer an den Körper gepresst. Diese Kreaturen warten. Wie die Schatten, nicht aufzuspüren und dennoch immer da.

Ruhig, zu ruhig scheint es. Die Stille eines Grabes, die sich erhebt. Aber wo sind die Leichen? Die ruhenden Geister, in Ewigkeit verdammt? Wie als Antwort erbebt die Erde. Weit entfernt walzt eine Schlachtformation durch den Wald. Hufen, die sich in das Erdreich graben. Das Schnaufen der vor Kraft strotzenden Tiere. Edel und anmutig. Entfremdet ihrer Natur, tragen sie Eisen auf der Stirn. Ihre Reiter? Ein Horn, das in die Weite heraustönt. Das Banner eines leichtsinnigen Kaisers in die Höhe gestreckt. Das Schwert in der Scheide, das Schild zur Linken. Eine harte Miene unter dem Helm, zusammen gekniffene Lippen. Sie sind entschlossen den Willen ihrer Führung zu verbreiten. Am liebsten mit Gewalt. Denn dafür sind sie seit dem Knabenalter ausgebildet worden. Sie durchreiten die magische Grenze an Bäumen und halten auf der Wiese. Die Schatten im Blätterdach schweigen. Denn dafür sind sie nicht da. Sie warten auf einen ebenbürtigen Gegner.

Die Reiter, 300 an der Zahl, durchreiten den Platz. Sie suchen auf der offenen Fläche und finden doch nichts. Ein erster erhebt das Wort: „Es ist keiner hier." Ein Zweiter antwortet: „Sie kommen. Die Vögel haben es gezeigt." Ein anderer Glaube, dem sie gefolgt sind. Doch ist es Schicksal oder Leichtsinn? Ihre Götter werden es ihnen zeigen, als Lohn für die Ergebenheit.

Nur für den Hauch einer Winzigkeit verdunkelt sich ein Fleck am Waldrand. Verdichtet sich, färbt sich schwarz und gebiert ein Wesen. Rotflammende Augen, eine marmorfarbene Haut ohne den geringsten Makel, weiße lange Haare mit einer goldenen Brosche zusammengehalten. Eine schwarze Rüstung mit

Stacheln auf den Schultern und ein prächtiges Schwert in der Scheide. Wir kennen das Wesen, sind ein Stück des Weges mit ihm gegangen. Die Reiter nicht. Sie sprengen in Pfeilformation zum Vampir und begrüßen ihn mit gezogenen Schwertern. Aber Kain reagiert nicht, wie sie es erwartet hätten. Vielleicht auch ein geheimer Wunsch, der nicht erfüllt wurde?

Kain schreckt nicht zurück, kein Schritt zur Flucht. Kein Wanken im festen Stand angesichts dieser Übermacht. „Ihr solltet verschwinden." Die Männer hören die Worte des Vampirs und reagieren dennoch nicht. Sie lassen die Schwerter in die Scheiden gleiten. Keine Gefahr, wie sie denken. „Wenn ihr leben wollt, dann erst Recht. Geht zu eurem sterbenden König. Schmaust am Hofe, solange ihr es noch könnt. Doch hier findet ihr nur den Tod." Wieder Kains Worte und diesmal antworten die Männer mit Gelächter. Uns erscheint es wie Dummheit, den Männern nur als offensichtlicher Witz. Wir warten und wissen, dass etwas passieren wird. Die Männer stehen zur Schlachtbank bereit und lachen dem Tode zu.

Und wirklich. Kain handelt. Doch sieht man es nicht. Vielmehr verschwindet er und seiner statt, sehen wir schwarzen Nebel, der in das Erdreich sinkt. Die Männer, noch immer ahnungslos, blicken sich nur verwundert um.

Dann, die Zeit gefriert und wir sehen seine Abbilder. Wie schon zuvor, die Krieger, die doch nur einer sind. Vermehrt im Pakt der Schatten zu 300. Ein jeder der menschlichen Krieger bekommt ein eigenes Abbild der Kreatur. Die so vermehrten Vampire greifen, packen und berühren. Aber nicht ihre Schwerter. Sie greifen in das Innerste der Menschen und berühren den magischen Kern. Ein Begriff? Die Seele würden wir es taufen. Wie das Splittern des Kristalls, der der Hitze ausgesetzt wird, verflüchtigt sich die gefrorene Gegenwart und wird zur Zukunft. Kain steht wieder als Einziger am Waldrand.

Die 300 Krieger?

Sie wussten es nicht. Ahnten nicht, dass sie mit dem Teufel selber kämpfen wollten. Er verschonte ihre Seele, wie sie erkennen und im begrenzten Verstand begreifen. Keiner lacht, keiner zieht sein Schwert. Augen, in Panik geweitet. Eiseskälte in den Eingeweiden, bleibt ihnen nur eine Wahl. Keine Formation, die in die Wälder sprengt. Keine Krieger im Angriff des Übels. Männer in Todesangst, die nur fliehen können. Schneller und ohne den Gedanken an Ehre, sprengen sie davon. Sie durften leben und dieses wollen sie sich erhalten. Kein Gedanke warum. Sie fliehen davon. Mehr nicht.

Wir folgen ihnen mit dem Blick. Über Flüsse,

Stein und ausgetrampelte Pfade geht es. Selbst auf Entfernung, die Sicherheit geben sollte, zügeln sie ihr Tempo nicht.

Die wilde Abnormität der Natur erhebt sich. Reißzähne, glühende Augen und Nüstern, die die Spur der Opfer schon aufgenommen haben. Scharfe Klauen, muskulöse Körper und ein nicht zu stillender Hunger. Wölfe, übergroß in der Statur, springen zwischen den Bäumen hindurch und reißen die Fliehenden von den Pferden. In Blut ertränkte Schreie, in Todesangst verzerrte Glieder. Sie alle fallen. Mensch und Tier. Zu plötzlich kam der Angriff. Werwölfe, unter der Führung einer unscheinbaren Frau, die sie zur blanken Vernichtung antreibt. Wir wenden uns ab. Zu schrecklich, zu endgültig dieses Massaker, das kein Mensch überleben wird. Schwarze lange Haare, die wild ihr Haupt umwehen, als sie dieses kleine Heer umrundet. Sie stolziert, die grauen Augen blitzen vor Freude. Sie genießt diese Endgültigkeit, die Übermacht, die ihr dient. Nicht weit entfernt eine junge Frau, die sich zwanghaft ablenkt. Flammen tanzen über ihre Finger. Krampfhaft konzentriert sie den Blick aus den braunen Augen auf das magische Schauspiel. Auch sie verbreitet nur zu gerne Leid und Elend. Aber nur, wenn es sein muss und der Gegner sich wehrt. Sie scheint ein Kind und doch sehen wir in ihr eine Haltung und ein Verständnis, das erst mit den Jahren kommt. Sie wagt es nicht, Lilith zu widersprechen. Nur zu genau weiß sie, dass sie ebenso leichtfertig geopfert würde, sollte sie nicht mehr gebraucht werden.

Kain, nicht weit entfernt, immer noch am Waldrand, weiß davon nichts. Er hat die Menschen vertrieben, ihr Leben gerettet, wie er denkt. Hinter ihm, noch zwischen den Bäumen, tut sich etwas. Gestalten, noch von Schwarz durchzogen, entspringen dem Nichts, wie es scheint. Ein loderndes Feuer in den übernatürlichen Augen, weiße Haut, in der Nacht selber glänzend. Seine Krieger, untot und so viel mächtiger. Kain dreht sich nicht um. Die Krieger gehen an ihm vorbei, nehmen Stellung und bilden die Schlachtformation. Ohne Regung warten sie. Aber nicht sehr lange. Denn bald wieder Hufen und schweres Stampfen, das durch den Wald fegt. Eine Frau an der Spitze. Schwarze Augen, goldene Haare und entschlossen, den Feind zu stellen. Sie verharrt am Waldrand und, wie nach einem stummen Befehl, greifen ihre Krieger an. Sie springen von den Pferden und überwinden die kurze Entfernung. Schwerter, die aufeinander prallen und Funken, die in die Nacht springen. Ein Zischen, manchesmal ein Gurgeln, das die Wesen des Kampfes hinfort schicken. Kein Blut, keine Asche und kein glühendes

Auflodern, das dieses Kräftemessen unterbricht. Die Kämpfer, unterschiedlich der Parteien, sind sich ebenbürtig. Es wird dauern, vielleicht in Ewigkeit, bis ein Heer aufgibt.

Kain und Synthia wissen das. Keiner von ihnen ist verwundert. Sie müssen um die Entscheidung kämpfen. Und sie sind bereit dazu.

Der Wind, urplötzlich nimmt er zu. Er treibt zusammen, wie die Schafe einer Herde. Dicht zusammen gepresst, bilden die Wolken am Himmel eine Decke. Die Nacht, so dunkel, wird noch schwärzer. Es grollt, noch weiter entfernt, wie das Knurren eines tollwütigen Hundes. Dann, ein Strahl aus gleißendem Licht, der in die Erde fegt. Die Wolken antworten und schütten ihre Last über die Erde. Plätschernd, unnachgiebig, sucht sich das Wasser den Weg zur Erde. Nur kurz und alles ist überzogen von einem glänzenden Film.

Synthia springt vom Pferd. Quietschend gibt das Gras nach, als sie federleicht landet. Die Kapuze gleitet nach hinten und uns blickt die Maske eines Dämons an. Bezaubernd und erschreckend zugleich. Sie zieht ihre zwei Klingen unter dem Umhang hervor. Der andere Dämon, im Auftreten ebenbürtig, überquert die Wiese, zieht auch sein Schwert und verharrt nur ein paar Meter vor ihr.

Zwei, die kämpfen werden. Zwei, die überleben

wollen. Zwei, mit der Macht ihrer Quelle. Aber nur einer, der siegen kann.

In Mitten des Feldes tobt der Kampf. Krieger fallen, verletzt durch die tödlichen Hiebe. Sie sterben zu beiden Seiten und erheben sich wieder. Die Vampire immer wieder neugeboren aus den Schatten. Das unsterbliche Heer zurückgeholt durch den Fluch einer Hexe. Beide Seiten haben ihren Pakt. Ob sie kämpfen oder nicht. Keiner wird endgültig sterben.

Es sind unzählige Wasserperlen, die ihren Weg auf die Erde finden. Aber nur einer, der in voller Größe in unser Blickfeld gerät. Er fällt in Wahrheit viel zu schnell, als dass wir ihn beobachten könnten und doch wird es uns ermöglicht. Er berührt Metall, wird zur Hälfte hinweg geschleudert. Mikroskopisch kleine Spritzer, die in alle Richtungen fliegen. Dann, sie stehen in der Luft. Eingefroren, angehalten und vereist. Aber es wurde nicht ihre Temperatur geändert, eher ihr Bestand in der Zeit. Die Zeiger jeder Uhr stehen still. Wie ein Vakuum legt es sich über diese Welt. Die Umgebung ausgeschlossen. Jede Menschlichkeit und deren Frucht in Starre. Aber in mitten dieses Feldes, weit und breit ist nichts davon zu finden.

Schwerter prasseln aufeinander. Hiebe, die selbst die Tropfen in der Luft zu zerteilen scheinen. Nur zwei Größen bewegen sich in verlangsamter Zeit noch immer fast zu schnell für jedes natürliche Auge, geknechtet an eine Lebenszeit.

Ein Hieb zum Haupt. Der Gegner sinkt zu Boden, wehrt ab und schlägt selber zu. Schwerter gekreuzt zum Himmel erhoben im unerbittlichem Duell. Kain schlägt von der Seite zu, Synthia, nur eine Drehung, und der Versuch von hinten die Schwäche des Gegners zu finden. Ihr Angriff schlägt fehl, denn Kain ist jetzt hinter ihr. Ein Hieb von oben, im Sprung und Synthia wehrt mit einem Schwert ab, das Andere auf dem Weg zur Kehle. Kain springt erneut, wie in der Luft liegend, vollführt er eine Drehung und landet elegant. Und doch zieht auch er Spuren, diesmal noch in der Hocke zu ihren Füssen. Sie sieht es kommen. In dem nur winzigen Augenblick, wo sie das Schwert treffen soll, erhebt auch sie sich in die Luft. Sie steht auf seinem Schwert, verharrt nicht, tritt zu und im gleichen Moment, in dem sie die Balance verliert, zieht ihr Schwert zu seinem Kopf und trifft.

Kains Augen, noch lodernd vor Glut, wirken überrascht. Blut quillt aus seinem Hals. Zu schnell, als das es heilen könnte. Das Schwert entgleitet seinen Fingern und er sinkt zu Boden.

Synthia beobachtet lauernd und abwartend. Ihr Atem drückt und hebt die Brust unter dem

Umhang. Sollte das ein Ende gewesen sein? Sie wartet darauf, dass er sich auflöst, verbrennt und für immer von der Erde verschwindet. Er liegt am Boden, regungslos. Aber Synthia traut dem nicht. Sie geht auf ihn zu, umkreist ihn sehr vorsichtig. Sie senkt erneut blitzschnell die Schwerter, um ihm den Kopf ganz abzutrennen. Wir warten darauf, dass er sich erhebt. Denn schon berührt die Schneide sein Haupt und landet in der Erde. Durch ihn hindurch. Sein Ende.

Es kann nicht mehr anders sein. Synthia steckt die Schwerter weg und berührt seine Leiche. Die scheint ein wenig enttäuscht. Das war alles? Ihr soll es recht sein. Sie hat gewonnen. Jetzt ist sein Heer dran. Sie wendet sich ab, um ihren Kriegern beizustehen.

Hinter ihr, der Körper des mächtigen Dämons, er löst sich auf. Wir haben es nicht anders erwartet. Doch tut er es nicht glühend. Ohne Licht, ohne Geräusch, verliert er seine Form. Aber er ist noch da. Wie schwarzer Nebel in mitten den von Wasser getränkten Halmen. Synthia zögert und fährt herum. Irgendetwas stimmt nicht. Sie kann es spüren. Dann schießt es vom Boden hoch und legt sich um sie. Sie schlägt, zieht die Schwerter, doch hat sie keinen Gegner mit Körper. Sie ist hilflos und spürt den Angriff. Nicht körperlich, viel tiefer geht er. Dieses Nichts, diese schwarze Existenz, umspült sie und sinkt dann in diesen Körper ein. Sie gurgelt, sie versucht zu schreien. Zu tief die Berührung. Zu fremd. Zu kalt. Dann fällt sie zu Boden. Sie kann sich nicht wehren. Nicht gegen so einen Gegner. Eine Stimme in ihrem Kopf. „Ich muss Dich töten und doch brauche ich Dich. Für eine Ewigkeit werden wir eins sein, bevor wir uns wieder trennen." Es sind Worte, die sie nicht versteht. In ihr breitet es sich aus. Ein innerer Kampf, der erst keine Spuren nach Außen trägt. Und dann, im Nebel verdichtet, schwarz und undurchdringlich, liegt der Körper am Boden. Wir können erst nichts erkennen. Die schwarze Existenz, fast auch Wesenheit, verschwindet und der Körper erhebt sich wieder. Eine schwarze Rüstung, rot glühende Augen, ein weißer langer Zopf. Es ist Kain, der sich wie aus Synthia selbst gebildet zu haben scheint. Sie ist verschwunden. Nun fallen auch ihre Krieger. Nicht getötet, nicht verwundet. Sie lösen sich einfach auf und sinken wie Staub zu Boden. Kain bückt sich und hebt das magische Schwert vom Boden auf. Wie nebensächlich gleitet es in seine Scheide. Es ist kein ebenbürtiger Gegner mehr hier, mit dem er sich messen kann. Das glaubt er.

Erneut hört man es in den Wäldern ringsum. Trippelnde Füße auf nasser Erde, die sich platschend den Weg suchen. Aber noch mehr,

Knurren, ein Grollen, wie es nur die Hunde der Unterwelt zustande bringen. Kain stockt, legt die Hand bereit auf den Schwertgriff. Was auch immer da kommen mag, es ist tierisch und doch natürlich. Sie springen aus den Wäldern, das geifernde Maul vor Gier geweitet. Sie jaulen, sie rufen zum Himmel und umkreisen das Heer der Vampire. Heißer Atem, der die Luft in Wolken ausstößt. Nüstern, weit geöffnet um jeden Geruch aufzunehmen, den die Beute in der Flucht von sich lässt. Sie hungern und gieren nach Fleisch. Ob Mensch oder Kreatur einer Hölle. Es ist ihnen egal. Ein Hunger treibt sie an, nach Fleisch, nach Blut, aber nicht nach Sättigung. Sie wollen zerstören, zerfleischen und im Blute baden. Sie umkreisen die Vampire nur, greifen nicht an. Das untote Heer, belagert und umzingelt, wankt nicht. Sie halten die Formation. Wie auch zuvor, werden sie kämpfen. Denn dafür leben sie, nur dafür wurden sie neu erschaffen. Angst? Von den tiefsten Schatten gezeichnet, besitzen sie solch menschliche Regungen nicht mehr.

Jetzt kommt auch eine Frau zwischen den Bäumen hervor. In Begleitung eines viel zu jungen Menschen für so einen Ort. Lilith, wie Kain erkennt. Sie läuft, in fast panischem Entsetzen. Eile, die sie antreibt und die Worte, von beschleunigtem Atem blockiert, hinaus wirft: „Im Kreis ... Deine Krieger, im Kreis."

Sie kommt näher, bleibt stehen und kämpft um Ruhe. Es dauert einige Minuten, dann ist die Hetze aus den Fasern ihres Körpers verschwunden. Sie spricht erneut, diesmal besser gewählt: „Kain. Deine Krieger müssen sich im Kreis aufstellen. Die greifen gleich an. Von allen Seiten." Kain versteht nicht und gibt dennoch den Befehl. Die junge Frau, die mit Lilith kam, spricht Formeln, hebt die Hände zum Himmel, ihre Augen färben sich weiß und sie beschwört. Kain ist verwundert. Er packt Lilith am Arm: „Was geht hier vor?" Lilith sucht mit ihren Blicken die Umgebung ab. Fragt: „Du hast sie besiegt?" „Hast Du daran gezweifelt?" Antwortet Kain und kann nicht umhin zu bemerken, dass sie nicht geantwortet hat. „Wie? Ich hatte so Einiges vorbereitet, damit Du es wirklich schaffen kannst. ... Du aber hast sie alleine besiegt? ... Das ist unmöglich?" Stammelt Lilith aus der Fassung gebracht. „Du solltest mehr Vertrauen in meine Fähigkeiten haben. Hast Du vergessen wer ich bin?" Antwortet Kain. Lilith schweigt, sucht die Umgebung weiter ab, als versuche sie ein Geheimnis zu entdecken, das dort Spuren hinterlassen haben könnte. Dann wendet sie sich an die junge Hexe: „Bereit?" Aber diese antwortet nicht. Im Raum zwischen ihren Armen springt es hervor. Eine Masse ohne Existenz. Gleißendes Licht, hell und klar, das sich wie von selber fortbewegt. Die junge Hexe breitet die Arme aus, das Licht weitet sich und bildet eine Oberfläche in der Luft selber. Wie ein Film zieht es sich hinüber. Ein Blick hindurch, zeigt uns Berge und Landschaften mit Schnee bedeckt. Ein anderer Ort, getrennt aber verbunden durch diese Magie. Die Hexe spricht: „Ein paar Augenblicke nur, dann schließt es sich wieder. Wir sollten gehen." Und sie gleitet hinein, kommt aber auf der anderen Seite nicht hinaus, sonder hat die Reise in eine andere Welt angetreten. Lilith will ihr folgen, zieht Kain mit, doch dieser bleibt stehen. Er dreht sich weg von ihr, hört ein sirrendes Geräusch und blickt zum Waldrand. Noch kann er es nur schwach erkennen. Es ist schnell und treffsicher sucht es sich seinen Weg. Eine goldene Spitze, scharf geschliffen, Diamanten am Knauf und in Gold gefasstes Holz als Griff. Ein Speer, der pfeilgerade über die Wipfel der Bäume schnellt und in das Erdreich vor den Vampiren und Wölfen fährt. Kain zieht sein Schwert. Er weiß, dass da noch ein Gegner kommt. Er wird nicht fliehen. Er wird kämpfen. Lilith verkrampft ihren Griff an seinem Arm noch mehr. „Nein. Das darfst Du nicht. Du wirst sterben. Glaub mir. Selbst Du kannst das nicht überleben. Keiner kann das. ... Ich brauche Dich. Kämpfen kannst Du später noch. Bitte." Lilith spricht bettelnd, Tränen in den Augen, denen niemand widerstehen kann. Auch Kain nicht. Und so folgt er ihr durch das magische Portal. Hinter ihnen schließt es sich, als wäre es nie da gewesen. Wir können uns denken, dass es eine Rettung für sie war.

Aber wovor?

Der Speer, so machtvoll funkelnd in dieser Nacht, steckt tief eingegraben in der Grasnarbe. Die Welt scheint zu reagieren. Der Himmel bricht auf, die Wolken vertrieben von einem Sturm, der aber sofort wieder abflaut. Wir können es spüren. Irgendetwas geschieht.

Aber was?

Dieser Speer ist keine Waffe. Er ist nicht zum Kämpfen gedacht. So machtvoll verziert, so prächtig ausgestattet, erinnert er an eine Opfergabe. Ein Weihewerkzeug, wie es in dieser Welt nicht mehr zu finden sein darf. Er ist alt. Sehr alt. Entstammt einer Zeit, wo Gegenstände, besonders mächtige Gegenstände, noch Namen trugen. Sein Name war Gungnir. Wir wissen es nun. Wissen, dass diese Waffe in der Hand des obersten Gottes war, bevor er diese Welt verließ. Die Wölfe und Vampire können es nicht wissen. Sie wurden gezeichnet, ihre Seelen einem alten Gott versprochen. Ein Opfer, das einen Lohn bedeutet. Aber nicht für sie. ...

Nicht weit entfernt raschelt der Wind durch die Blätter. Es ist wie ein Flüstern, die Stimme einer Natur. Die Leichen der gefallenen Menschen des Königs regungslos am Boden. Aber es herrscht kein Wind. Die Blätter bewegen sich nicht. Es ist ein Flüstern, so leise und in einer anderen Sprache, die wir nicht verstehen können. In einer anderen Stufe der Existenz, unsichtbar für menschliches Augenlicht, findet ein Zwiegespräch statt. Die Seelen der Gefallenen, sie stehen nun. Unsichtbar und doch anwesend. Sie blicken auf eine Erscheinung. Leuchtend, voll des innerlichen Glanzes, der ihr das Auftreten eines Engels ermöglicht. Ein langes Fell, gelockt in goldenem Blond, das ihr wie ein Kleid bis zur Taille herunterhängt. Eine Kriegerin mit mächtigem Schild und goldenem Panzer auf der fast nicht zu bändigen Brust. Sie spricht im Singsang, becirct die Seelen und macht ihnen ein Angebot.

Nun passiert es auch in der weltlichen Ebene. Die Körper der Toten erheben sich wieder. Menschen, in einem Glauben gestorben, im Anderem wiedergeboren. Aber menschlich sind sie nicht mehr. Und untot ebenso wenig. Sie erheben sich mit neuen Waffen, Äxten und Schwertern, so breit, wie die Bäume um sie herum. Ihre Körper verändert, voll der strotzenden Muskelkraft. Sie scheinen gewachsen und der menschlichen Rasse entwichen. Ein Bärenfell auf dem Haupt, die

Rüstung straff gespannt und die Augen nur leicht im gelben Glanz. Sie zögern nicht, sie denken nicht. Sie haben nur noch einen Impuls dem sie folgen. 300 Wesen, eine Masse in Bewegung, mit neuer Macht ausgestattet, die sie zu eins werden lässt. Als Menschen wichen sie aus. Nun müssen sie das nicht mehr. Keine Schmerzen, nur eine unbändige Wut, einmal erwacht, nie mehr zu stoppen. Die Bäume auf ihrem Weg, sie fallen. Eine Schneise, die die Zerstörung durch den Wald zieht.

Die Wölfe werden unruhig. Sie fletschen die Zähne, knurren und schaben mit messerscharfen Krallen im Boden. Sie fühlen den Feind. Spüren, wie die Welt selber erzittert und sind bereit. Die Krieger, das Heer an Vampiren, noch immer unbewegt, aber nicht weniger aufmerksam.

Eine breite Wolkendecke, wie ein Tuch zieht über den Himmel. Für nur einen Augenblick verhüllt sie den Mond und nimmt uns die Sicht. Wir danken es ihr.

Schreien, Jaulen, knirschende Knochen und sprudelnde Fontänen, als die Kräfte aufeinander prallen. Die Krieger, dem Tode entrissen, die fallen ein und zerschmettern die Gegner. Solch unbändige Wut, entfesselte ungebremste Kraft, übertragen durch diese Hinrichtungswerkzeuge, dass selbst die Übernatur nur zurückweichen kann. Die Wölfe beherrscht von Trieben, sind nicht fähig dazu. Die Vampire, ohne Logik oder Verstand, einzig einem fremden Willen unterworfen, wanken noch immer nicht. Sie hätten es besser getan.

Die Wolkendecke ist vorüber und sie sind schon nicht mehr. Glühende Asche, verendende Wölfe, Blut und Glieder überall. Es war ein Massaker ohne Erbarmen. Der Feind geschlagen, die Krieger siegreich. Sie brüllen, ein Jauchzen fast, denn sie sind dem Mahl in der göttlichen Halle würdig. Speise und Trank, Weib und Fleisch für immer. Sie schlagen die Waffen gegen ihre Rüstung, ihre Freude nimmt überhand. Sie sind die Krieger eines Gottes. Aber dass sie nicht die volle Macht besitzen, wissen sie nicht. Dass sie mächtig, aber noch sterblich sind, es würde sie nicht interessieren. Sie sind siegestrunken und das macht sie wieder zu Lämmer auf der Schlachtbank. Sie sehen es nicht kommen. Ihr Engel, die Walküre, ebenso anwesend doch unsichtbar, ruft den Speer zu sich. Es ist getan. Das Heer, die Pest, die ihre Schwestern freiließen, geschwächt. Nicht besiegt, noch lange nicht ausgelöscht. Aber es konnte reichen. Für den Anfang. Die Walküre löst sich auf und verschwindet. Sie weiß, was nun passieren wird. Ein kleiner Triumph für ihre Gegner. Sie sollen ihn genießen, denn mehr bekommen sie nicht.

Der Himmel, schwarz von der Nacht, erneut

verdunkelt. Aber nicht von der Natur, eher ist es ein Handwerk, dessen Ergebnis es nun tut. Sirrend suchen sie sich ihre Ziele. Pfeile, zu Tausenden, hinfort geschleudert, von den Frauen des Waldes. Wir würden sie Elben nennen, sofern wir den Märchen glaubten. Die Krieger in der Mitte, zu spät reagiert, sie fallen, die Reihen lichten sich und sie kehren zum Ursprung zurück. Aber noch ist es nicht vorbei. Ein Drittel hinweggefegt, durch diesen listigen Angriff. Aber der Großteil steht noch. Frauengelächter, hinfort getragen wie das Säuseln des Windes, als die Waldwesen sich auflösen.

Jetzt tauchen sie aus den Baumwipfeln auf. Lautlos sinken sie auf den Boden. Es ist ihre Umgebung, ihr Element, die Nacht. Sie werden gänzlich unsichtbar, wie ein Schatten des Todes. Es vergehen Sekunden, dann greifen sie an. Wie ein Hauch ziehen sie über das Feld, nehmen erst bei den Kriegern ihre Form an und schlagen nur einmal mit ihren Schwertern zu. Kein Gemetzel, keine Hinrichtung. Die Krieger sind tot und die Schattenwesen siegreich. Aber sie triumphieren und feiern nicht. Nur ein Angriff und sie dürfen in ihre Welt. Sie lösen sich auf, gleiten hinweg und verschwinden in den Schatten.

Nur wir wissen, welches Zeugnis diese aufgewühlte Wiese beherbergt. Welche

Urgewalt, den Wald hinweggefegt hat. Nur wir haben erlebt, welche Mächte dort aufeinander trafen. Halbherzig, so schien es. Zu schnell vorbei. Wie die Ausführung eines simplen Planes. Ein Schachspiel, ohne den König aus dem Spiel genommen zu haben. Aber wer sind die Bauern, wer ist die Dame, wer der König? Und viel wichtiger, wer spielt hier?

Spinn 4

Standing in Times

Ein Strom, der nie versiegt.
Eine Größe, so messbar.
Eine Kraft, die zerstört,
aber ebenso auch wachsen lässt.

Ohne sie, geht es nicht.
denn sie erst gibt,
Zukunft und Vergangenheit.
Gegenwart ohne Bestand.

Denn können wir nicht anhalten,
wie können wir im Jetzt leben,
ohne bereits das Werdende zu sein?

Schwarz glänzend und majestätisch schimmernd, gleitet sie durch Raum und auch die Zeit. Denn hier haben die Zeiger einer Uhr keine Bedeutung. Welten werden aufgehoben. Durchkreuzt im Strudel von schwarzen Löchern. Nichtexistenz in dieser Wirklichkeit. Wurmlöcher, die es verschlucken und wieder ausspucken. Nichts kann ihr etwas anhaben. Sonnen, Planeten, vergehende und erwachende Sterne. Sie alle umschwirren im Auge eines Zeitraffers diesen Gegenstand.

Es ist ein Ding wie aus einer anderen Welt. Ein Rechteck, zur Länge geformt, mit breiten Verzierungen, in Metall gefasst. In diesem Raum, ohne die geringste Beschränkung, gleitet sie hindurch. So scheint es, ohne Ziel. Ein magisches Schild, das diesen, ja, man mag es Stein nennen, beschützt. Denn viel mehr ist etwas im Innern. Nicht bedrohlich, nicht gefährlich und doch todbringend. Ein Wesen, eine Kreatur, die ruht.

Dieses Behältnis, gelenkt, wie von Geisterhand, umrundet einen kalten Planeten. Grau und ohne Leben, voll des toten Steines. Und dennoch reflektiert es das Licht eines brennenden Giganten.

Die Truhe gleitet tiefer. Taucht ein in die Atmosphäre der Welt, die sich inmitten der zwei Gegensätze befindet. Sie glüht, sie brennt, bei ihrem Sturz hinab und nimmt doch keinen

Schaden. Immer schneller, immer steiler. Dann ein Aufprall, der sie tief in das Erdreich treibt. Die Zeit, in Erwartung gebremst, der Atem vor Aufregung gestockt.

Aber...

Nichts. Das Behältnis öffnet sich nicht. Das Innere, die Kreatur, ruht. ... Noch.

Wenn es soweit ist, wird sie erwachen. Am Ziel ihrer Reise oder nur dem Willen eines Zufalls unterworfen? Das wissen selbst die Götter dieser Welt nicht. Und die Technologie des neuen Zeitalters kann es ebenso wenig beantworten.

Aber wenn wir keine Antwort bekommen, kennen wir denn die Fragen?

Azralot

*Ich habe Dich erneut besucht. Wie sehr hast Du Dich
schon daran gewöhnt. Es überrascht Dich nicht mehr,
mich zu sehen. Du blickst noch nicht mal mehr auf,
wenn ich hier den Schatten entspringe.*

Aber diesmal will ich es.

*Ich lege Dir den Zettel auf den Schreibtisch. Du
erkennst, dass es meine Worte sind. „Ich gucke es mir
nachher an und füge es dann ein." Sagst Du.*

*Aber an meinem Blick siehst Du, dass ich will, dass
Du es sofort liest. Und Du tust es.*

*Deine Gedanken überschlagen sich dabei. Du ziehst
Rückschlüsse, Verknüpfungen zu dem, was Du bisher
weißt.*

*Und dann ... hast Du eine Ahnung. Ein Gedanke,
der greifbar zu sein scheint und doch brauchst Du
Bestätigung. Du siehst auf. Verwundert, fragend und
turbulente Gedanken im Hinterkopf.*

*Ich werde es Dir erklären müssen. Aber vorher habe
ich eine Frage an Dich. Ich stelle sie Dir nicht, lieber
Nismion. Ich schreibe Sie Dir auf und Du kannst sie
Dir selber beantworten.*

Warum Du? Warum bin ich bei Dir gelandet?

*Ich erkenne die Ironie des Wortspieles und ich weiß,
dass Du es ebenso wirst.*

*Ja, ich bin nicht von dieser Welt. Und auch meine
Geschichte ist es nicht. Aber sie ist wahr. Im Kern.*

*Ich bin Jahrtausende durch das All gereist. Habe
geruht und auch alles aufgenommen, dass ich auf
meinem Weg nur berührte. Es gibt diese Welt, die Du*

mit Worten betreten hast wirklich. Es gibt eine Lilith. Es gibt einen Kain. Einen Mark, eine Lucy, einen Merlin. Und ich habe eine Schwester. Aber einen Azralot gibt es nicht.

Und doch unterscheidet sie die Zeit. Wenn Du verstehst, wie lange ich gereist bin, wirst Du erkennen, wie alt die Geschichte ist. Und dass ihr Ende, obgleich der verstrichenen Zeit, nicht absehbar ist. Sie hält noch an. Und jetzt endlich, bist auch Du ein Teil davon.

Ich habe etwas Anderes gesucht. Aber gefunden habe ich Dich. Du verstehst die Bedeutung dieser Aussage noch nicht.

Aber Merlin schickte Samuels Sohn in eine Welt ohne Magie. In eine Zukunft, die noch nicht lebte.

Ja, Du bist ein Nachfahre von ihm. Und ja, ich brauche Deine Hilfe.

Aber erst musst Du erfahren, wie die Geschichte dort stoppte, um jetzt weitergeführt zu werden.

Wenn Du bereit bist, nehme ich Dich mit. Direkt durch die Schatten in meine Welt. Denn jetzt, nachdem ich Deine Welt betreten habe, kann ich hin und her wechseln.

Hab keine Angst. Dein Leben wird sich ändern. Ohne Zweifel. Aber wenn Du ehrlich bist, hat es das doch schon. Es ist Deine Wahl, den Platz einzunehmen, der der Deine ist. Wenn Du so weit bist ... ich warte.

Nismion LeVieth

Ich habe dieses Buch benutzt, um die Charaktere aufzuschreiben. Für Notizen, Abläufe, die ich für Azralots Geschichte brauchte.

Aber darf ich ihn noch Azralot nennen?

Irgendwie habe ich noch Hemmungen ihn Kain zu nennen. Denn zu viel ist in unserer Welt mit diesem Namen verknüpft. Ich sage unsere Welt, da ich jetzt verstehen musste, dass wir nicht alleine sind. Nicht alleine in unserem Universum. Eigentlich haben wir schon immer damit gerechnet. Und doch ist es wie in einer dieser Science Fiction Geschichten. Der Außerirdische, der zu Besuch kommt. Aber unser Besuch ist ein Vampir.

Ich habe ihn gefragt, wie es denn sein kann, dass wir einen ähnlichen Glauben haben. Mythologie, die gleich zu sein scheint. Er sagte, dass es zwar mehrere Planeten gäbe, aber nur wenige Dimensionen, die daran grenzten. Unser Himmel, die Hölle, seien solche. Und vielleicht gäbe es noch mehr Universen. Aber das wisse auch er nicht.

Also wird unser Glaube, die Quelle der Inspiration, anscheinend durch diese Dimensionen geschürt und vielleicht sogar gestärkt.

Er hat mich gefragt, ob ich mitkomme. Als wenn ich ablehnen könnte. Ich muss diese Welt sehen.

Kain sagte, er müsse mich warnen. Seine Welt sei jetzt anders. Tausende von Jahren, die vergangen sind, seit er sie verlassen hat. Und Lilith habe in ihrer

Leichtsinnigkeit etwas freigelassen, das nun das ganze Universum bedrohe. Er brauchte tausende Jahre hierhin. Aber sie würden es in Jahrzehnten schaffen. Als ich ihn fragte, wer sie seien, antwortete er nicht. Kein gutes Zeichen.

Aber sie wären wohl keine Entdeckung für unsere Welt. Eher eine Gefahr. Ich muss es wissen. Ich werde ihm folgen. Heute Nacht soll es so weit sein.

<<>>

09. Juni – 20:32 Uhr

Wir sitzen auf der Bank in einem Park. Ich habe ihn darum gebeten, dass er mir noch kurz Zeit lässt. Es ist dunkel geworden. Vollmond und glitzernde Sterne am Himmel. Gleich werde ich also so einen Stern besuchen. Er meinte, man könne ihn von hier aus nicht sehen. Und im Grunde sei es auch kein Stern. Ich blickte ihn nur an und er verstummte. Soll er mir doch nur für ein paar Minuten diese Illusion lassen.

Ich war noch kurz bei meinem Sohn. Unangekündigt bin ich ihn einfach besuchen gefahren. Meine Ex hat nicht so schlimm reagiert, wie ich es erwartet habe. Aber ich wollte mich wenigstens verabschieden. Auf der Arbeit habe ich mich krank gemeldet. Fieber, Gliederschmerzen. Ich würde bald ein Attest brauchen. Aber irgendwie, schien mir das nicht wichtig. Ich werde gleich in die Weiten des Alls aufbrechen. Auf einen anderen Planeten gehen.

Wie sich das anhört. Ich glaube selbst nicht, dass ich das schreibe.

Er kommt zu mir. Lächelt sogar in dieser, sonst

unbeweglichen Miene.

„Es ist Zeit,“ sagt er.

<<>>

Ich habe nochmal nachgehakt, was er mit sie meinte und was es bedeuten würde, wenn sie hier auftauchten.

Erst hat er mich nur angeschaut und ich dachte, er würde wieder nicht antworten.

Dann sagte er: „Sie sind etwas, dass Du Dir noch nicht vorstellen kannst. Erst, wenn Du die ganze Geschichte gehört hast. Was sie wollen? Leben auslöschen, die Menschen unterwerfen? Sie haben es bei unserem Planeten geschafft und nun seid ihr dran.“

Erst war ich nur baff. Mir fehlten einfach die Worte um darauf etwas zu sagen. Wann sie hier seien, fragte ich ihn. „Genau genommen treten sie schon in Eure Atmosphäre ein.“

Ich wollte losrennen, wieder hoch zu meinem Sohn, um ihn von hier weg zu bringen. Doch er ließ es nicht zu. Er sagte, dass ich keine Angst haben sollte. Nicht ohne Grund wollte er jetzt durch die Schatten gehen. Er ließ mich frei, aber ich machte nicht die geringsten Anstalten, noch einmal loszurennen.

Der Himmel färbte sich schwarz. Mit einem Mal verstummte jedes Geräusch und eine Eiseskälte zog durch mein Innerstes.

Kain sprach: „Wir lassen Eure Welt nicht sterben. Keine Sorge. Sie kommt mit in die Schatten. Dort steht die Zeit für sie still. Und dank der Hilfe von so einigen Hexen meiner Welt, sind alle Wesen Deines Planeten im Schlaf gefangen. Keiner merkt etwas und keiner wird wach. Und keinem passiert etwas. Die Wesen aus dem Unbekannten treffen ein und finden doch nichts vor. Aber sie werden nicht aufgeben. Deswegen werden wir kämpfen. Und wir brauchen auch Dich."

Nach dieser kleinen Rede verstummte er und reichte mir die Hand. Ich sagte nichts, verdaute nur, was er da gerade gesagt hatte. Ein ganzer Planet, wie in einem Vakuum gefangen, damit ihm nichts passieren konnte?

<<>>

Er sagt, es wäre lächerlich, das Datum und die Uhrzeit aufzuschreiben. Sie würden hier sowieso nicht gelten. Und nähme ich es genau, so stehe die Zeit nach der ich messe still. Ich musste erst einen Moment darüber nachdenken und dann zugeben, dass er Recht hat. Und so lasse ich es nun.

Wir sind jetzt in seiner Welt. Ich weiß nicht, was ich erwartet habe. Aber so wie es aussieht, kann ich froh sein, dass es überhaupt Sauerstoff gibt.

Es ist immer dunkel. Anstatt Sonne und Mond, gibt es hier nur noch zwei Monde. Und es ist so kalt hier. Der Planet selber scheint gestorben zu sein und ich wundere mich, dass hier überhaupt noch was leben kann.

Keine Pflanzen, kein Grün, noch nicht mal gesunde Erde. Die ganze Oberfläche ist von einer Kruste aus schwarzem Stein überzogen. Gebäude? Nur Reste, die an eine riesige Zerstörung erinnern, die schon ewig zurückliegen muss. Er bedeutet mir, dass wir los müssen und so ende ich.

Ich bereue schon meine Entscheidung, dass ich mitgekommen bin. Aber hatte ich wirklich eine Wahl? Wir sind Kreaturen ausgewichen, die ich im Dunkel nicht mal sehen konnte. Flügel, Krallen und scharfe Zähne. Ich fühle mich ja schon sicher bei ihm. Aber was, wenn er einfach verschwindet? Ich will gar nicht erst daran denken.

Ich will endlich Antworten. Wissen, was hier passiert ist. Er sagte nur, das erwarte auch unsere Welt, wenn sie es nicht verhindern würden. Wir ständen nur vor dem Punkt, alle Parteien zu vereinen, damit es geschehen könnte. „Welche Parteien", fragte ich ihn. „Du hast es doch geschrieben. Also solltest Du es vermuten können. Reim dir den Rest zusammen." War seine Antwort.

Sehr hilfreich.

Lilith? Walküren? Berserker?

Im Moment kann ich es nicht zusammenfügen. Das beunruhigt mich schon.

Ich darf nur noch diese Zeilen schreiben. Dann nimmt er mir das Buch weg. Er meint, ich dürfte nicht abgelenkt sein. Wir müssten direkt am Portal vorbei. Und das sei für mich gefährlich. Ein Fehler, eine Unachtsamkeit und ich wäre tot. Ich glaube ihm und fühle mich mittlerweile so verloren.

Ich habe aufgehört Fragen zu stellen. Er beantwortet sie mir sowieso nicht. Er verschiebt es auf später, falls ich es überleben sollte.

Nette Aussichten.

Worauf habe ich mich da nur eingelassen? Ich hoffe, es ist es wert. Und vor allem hoffe ich, dass es wirklich Hoffnung für die Erde gibt. Wenn nicht? Wozu dann das Ganze?

Ich muss positiv denken, sonst ist doch schon alles verloren. Aber ist es überhaupt von Bedeutung, was ich denke?

To be continued....
Find us on Facebook (The Shadoweing)
&
shadoweing.com